地势坤，君子以厚德载物。

蒙曼：

唐诗之美

蒙 曼 · 著

 浙江人民出版社

目录

前言

蒙曼：张若虚《春江花月夜》

　　欣赏唐诗，真是一件快乐的事。佛说："浮屠不三宿桑下者，不欲久生恩爱也。"三宿尚且生情，何况我的唐诗品评，已经写到了第三本。回思来路，感慨良多。在古汉语里，"三"意味着多，也意味着唐诗万紫千红的盛况。多的对应字是"一"，那么多的唐诗，却有着一样的深情。所以先跟大家分享一首被赞誉为"孤篇横绝"全唐的长诗——张若虚的《春江花月夜》，感受美好，感受深情，也作为这本书的前言。

春江花月夜

张若虚

春江潮水连海平，海上明月共潮生。

滟滟随波千万里，何处春江无月明。

江流宛转绕芳甸，月照花林皆似霰。

空里流霜不觉飞，汀上白沙看不见。

江天一色无纤尘，皎皎空中孤月轮。

江畔何人初见月？江月何年初照人？

人生代代无穷已，江月年年望相似。

不知江月待何人，但见长江送流水。

白云一片去悠悠，青枫浦上不胜愁。

谁家今夜扁舟子？何处相思明月楼？

可怜楼上月徘徊，应照离人妆镜台。

玉户帘中卷不去，捣衣砧上拂还来。

此时相望不相闻，愿逐月华流照君。

鸿雁长飞光不度，鱼龙潜跃水成文。

昨夜闲潭梦落花，可怜春半不还家。

江水流春去欲尽，江潭落月复西斜。

斜月沉沉藏海雾，碣石潇湘无限路。

不知乘月几人归，落月摇情满江树。

　　初唐有两首诗在历史上长期被忽略、被低估，到明朝才逐渐被发现、被接受，直至推崇到一个极高的位置。这两首诗，一首是陈子昂的《登幽州台歌》："前不见古人，后不见来者。念天地之悠悠，独怆然而涕下。"另一首就是张若虚的《春江花月夜》。《春江花月夜》在唐人选编的诗集里踪迹全无，它第一次被收录，是在宋朝郭茂倩编的《乐府诗集》中，当时收录的理由也仅仅是因为这首诗用了一个乐府旧题，自然归入乐府诗。但是，到了明朝，这首诗就像卞和手中的荆山玉一样，终于等到了被承认、被赞叹的那一刻。赞叹之后是加倍的赞叹，直至成为传奇。明朝文学家钟惺说："将'春、江、花、月、夜'五字，炼成一片奇光，分合不得，真化工手。"这已经是极高的评价了吧？清末诗人王闿运觉得还不够。他说："张若虚《春江花月夜》用《西洲》格调，孤篇横绝，竟为大家。"这个评价似乎无以复加，然而，到了近代，闻一多先生又评出了一个新的高度，他说："这是诗中的诗、顶峰上的顶峰。"那么，这首诗到底好在哪里？

《春江花月夜》这个标题真美，美得有南朝范儿。事实上，这个标题也确实是一个来自南朝的乐府旧题。相传是陈朝亡国之君陈叔宝所创。但陈叔宝的《春江花月夜》并没有流传下来，真正流传下来的是隋炀帝的《春江花月夜》："暮江平不动，春花满正开。流波将月去，潮水带星来。"这首诗真漂亮，也真宏大。暮霭沉沉，春江浩浩，春花怒放，星月交辉。春、江、花、月、夜这五个元素交织在一起，组成一幅宁静而壮美的画卷。张若虚的《春江花月夜》，其实正是从这首诗生发出来的。可是，他的生发，并不是仅仅把五言改成七言，把短篇改成长诗这么简单，他是把一幅画变成了一场梦，把一个美女变成了女神。

他是怎么生发的呢？《春江花月夜》是一首长诗，一共三十六句，每四句换一个韵。这样一来，自然而然就出现了九个小节。这九小节又可以分成三部分：第一部分是第一、第二节，写景；第二部分是第三、第四节，写理；第三部分是第五至第九节，写情。

先看第一部分："春江潮水连海平，海上明月共潮生。滟滟随波千万里，何处春江无月明。江流宛转绕芳甸，月照花林皆似霰。

空里流霜不觉飞，汀上白沙看不见。"

这一部分在讲什么？就是春江花月夜的美景啊。前四句是春江月，后四句是月下花，画面也由大到小、由远到近铺陈开来。"春江潮水连海平，海上明月共潮生。滟滟随波千万里，何处春江无月明。"一江春水奔流入海，那么浩荡，又是那么平静。在这浩瀚的大海之上，一轮明月随着海潮出生了，它脱离了大海的母体，带着新生儿的纯洁与力量。海潮一波一波地冲向岸边，明月也一点一点地升上中天，海潮是横向的，月亮是纵向的，它们同时出生，它们相伴成长。一个生命的"生"字，让这一切显得那么神奇而新鲜。接着呢？"滟滟随波千万里，何处春江无月明。""滟滟"是水波涨满的样子，江海相连，春潮涌动。潮水"走"到哪里，月光就跟到哪里，借用后来宋代《嘉泰普灯录卷十八》中的那句"千江有水千江月"，哪一处春江，没有月光的照耀！江海生出月亮，月光照映江海，千里万里，春潮涌动；千里万里，月光闪耀。这四句诗，何等宏大，何等蓬勃，又是何等宁静，何等美丽呀。"江流宛转绕芳甸，月照花林皆似霰。空里流霜不觉飞，汀上白沙看不见。"这是从海到陆，从月到花了。原野之上，一片春花烂漫；江水蜿蜒，环绕着这片开满鲜花的芳甸。月光不是一直追随着江水吗？它也把清辉投射到这片花林之上，仿佛给花朵洒上一层皎洁的冰晶。这是多美丽、多纯洁的画面！接着，主题又回到了月亮，"空里流霜不觉飞，汀上白沙看不见"。春夜的长空，本来会有飞霜洒下，可是月色如霜，一片月华播洒，飞霜因此隐没了。水岸长汀，原本是白沙似雪，可是，月色如银，在银白的月光之下，白沙也隐没了。一句天上、一句地下，整个天地都被明月浸染，也被明月净化了。既然如此，人生于天地之间，又怎能不被净化，不被震撼呢？

这样一来，自然而然地就过渡到第二部分了："江天一色无纤尘，皎皎空中孤月轮。江畔何人初见月？江月何年初照人？人生代代无穷已，江月年年望相似。不知江月待何人，但见长江送流水。"

江天一色，都是那么澄澈透明，连一粒微尘都看不到，只见长空之中，一轮孤月显得格外皎洁。在这样的情境之下，月亮被放大了，产生了一种神秘的吸引力，让诗人与它对视，发出最天真，也最深邃的一问："江畔何人初见月？江月何年初照人？"这样的问题，我们多么熟悉。李白说过："青天有月来几时，我今停杯一问之。"苏轼说过："明月几时有，把酒问青天。"可这些，通通在《春江花月夜》之后。是《春江花月夜》第一次发出了这惊人的一问：在我所徘徊的这片江岸上，是哪个人第一次看到了这轮月亮？而这深

明月几时有，把酒问青天。

深地吸引着我的月亮，又是在哪一年第一次把它的清辉投向了人间？这是一个宇宙之初的问题，也是一个人之初的问题，这个问题无解，即使在科学昌明的今天仍然无解，因为它不是一个科学问题，而是一个人文问题，是人和月亮的一次神秘对话：我是谁，你又是谁？在我之前，一定有无数个如我一样的人吧？那么，你始终是这样的一个你吗？永恒的风月，短暂的人生，谁到此时不会感慨呢？"人生代代无穷已，江月年年望相似。"所谓"人生易老天难老"，人生一代一代地更迭绵延，而江月呢？却只此一轮，永恒不变。这是伤感吗？当然是伤感的，但是，伤感之中，却又有一种别样的力量。个人的生命固然是短暂的，但是，"子又有子，子又有孙。子子孙孙，无穷匮也"。因为"人生代代无穷已"，人和明月才可以共存，永远有人在凝望着月亮，也永远有清辉洒向人心。人看着月亮，心事大概是各有不同吧。那么月亮呢？月亮为何一直孤悬海上，照耀人间？它是在等待着什么人吗？没有人知道它在等谁，也没有人知道它何时才能等到，只见一派长江，浩浩汤汤，奔腾远去。江月有待而江水无情，这就是"不知江月待何人，但见长江送流水"。

江水流宕，人的内心也生出波澜。什么波澜呢？由孤月联想到孤单，再由孤单联想到相思相待，诗人的笔触由自然过渡到人生，这样一来，第三部分也就顺理成章了："白云一片去悠悠，青枫浦上不胜愁。谁家今夜扁舟子？何处相思明月楼？可怜楼上月徘徊，应照离人妆镜台。玉户帘中卷不去，捣衣砧上拂还来。此时相望不相闻，愿逐月华流照君。鸿雁长飞光不度，鱼龙潜跃水成文。昨夜闲潭梦落花，可怜春半不还家。江水流春去欲尽，江潭落月复西斜。斜月沉沉藏海雾，碣石潇湘无限路。不知乘月几人归，落月摇情满江树。"

这一部分，细分开来又是三个小段落。第一段："白云一片去悠悠，青枫浦上不胜愁。谁家今夜扁舟子？何处相思明月楼？"白云流荡，本来就容易引发游子的飘零之感，而所谓"浦"，是江水分岔的地方，也是离人送别的地方，在古诗中一向不胜离愁。南朝才子江淹说过："春草碧色，春水渌波。送君南浦，伤如之何！""白云一片去悠悠，青枫浦上不胜愁"，白云飘飘，枫叶青青，浦口流水，各奔西东。诗人什么都没说，一种离愁就弥漫开来了。那到底是怎样的离愁呢？"谁家今夜扁舟子？何处相思明月楼？"一叶扁舟之上，是谁家的游子还在月下漂泊？家中的思妇，又是在哪座楼上苦苦相思？两句诗，一句写游子，一句写思妇，写得一唱三叹。那接下来呢？接下来，就是花开两朵，各表一枝了。

第二个小段落，是接下来的八句："可怜楼上月徘徊，应照离人妆镜台。玉户帘中卷不去，捣衣砧上拂还来。此时相望不相闻，愿逐月华流照君。鸿雁长飞光不度，鱼龙潜跃水成文。"这是在讲谁？讲思妇，可又不是直接讲思妇，而是用一轮明月来烘托她的相思之苦。"可怜楼上月徘徊，应照离人妆镜台。玉户帘中卷不去，捣衣砧上拂还来。"明明是思妇"揽衣起徘徊"，诗人偏说是"可怜楼上月徘徊"。这月光就在思妇的妆楼上徘徊不去，照着她的妆镜台，照着她的玉户帘，照着她的捣衣砧。这些都是闺阁常用之物，又都是容易惹起相思的物件。妆镜台让思妇想起当年夫妻双照的甜蜜，玉户帘让她产生了丈夫掀帘而入的恍惚，捣衣砧上，还放着给丈夫准备的衣服。月光在这些物件上流连，卷也卷不去，拂了又回来，它是那样缠绵，又是那样恼人。这四句诗，其实脱胎于曹植的"明月照高楼，流光正徘徊。上有愁思妇，悲叹有余哀"。但是，经过这样委婉的铺陈，就比原诗更缠绵风流了！月光流连，自然让思妇想到同在一轮明月之下的丈夫，因此也就引出了下四句："此时相望不相闻，愿逐月华流照君。鸿雁长飞光不度，鱼龙潜跃水成文。"我们同望圆月，却又两地相悬。我多么希望能追着这月华，走到你身边。可是悠悠长空在上，连鸿雁也无法随着月光飞向你；浩浩江水在下，连鱼儿也不能随着江水游向你。中国古代有鱼雁传书的故事，思妇却在感慨，连鱼、雁都到不了你的身边，我又如何能到呢！

　　思妇的故事讲完了，接下来第三小段，讲游子了。看最后八句："昨夜闲潭梦落花，可怜春半不还家。江水流春去欲尽，江潭落月复西斜。斜月沉沉藏海雾，碣石潇湘无限路。不知乘月几人归，落月摇情满江树。"前面不是说，这首诗就像一场梦一样吗？此时，真的有梦出现了。谁的梦呢？游子的梦。在梦中，花落闲潭，春光将老。可自己呢？还是远在天涯。江流水逝，流走的岂止是水，是春光，更是游子和思妇的青春啊。而那轮无所不在的明月呢，也斜斜地向西沉降。它不是从海水中出生的吗？此时，它似乎又要落回到江潭中去了！此情此景，令人何等感伤，又是何等迷惘！那接下来呢？接下来是最后四句："斜月沉沉藏海雾，碣石潇湘无限路。不知乘月几人归，落月摇情满江树。"一夜就这样过去了，斜月沉沉，隐藏到了苍茫的海雾之中，不再流光溢彩，也不再惹人相思。碣石与潇湘，游子与思妇，一个天南，一个地北，中间远隔着万水千山，那是他们无法跨越的漫漫长路。这样说起来，似乎有些凄凉吧？可张若虚是怎么结尾的呢？"不知乘月几人归，落月摇情满江树。"他从一对游子思妇推开来了，推到了一个更为广阔的有情世界。这一对游子和思妇固然无法团圆，可是，在这千里万里之间，在这美好的春江花月夜，一定会有几许游子乘月而归，那动人的情思，也正和落月的余晖一起，洒满江边的树林。这是谁的情？是游子的情，思妇的情，也是诗人的情，月光的情，是天地之间的一片深情。开篇一轮明月升起，结尾一片情丝摇曳，光彩焕发而又缠绵蕴藉，余音袅袅，让人心醉神痴。

通篇看下来，这首《春江花月夜》好在哪儿？好在莫可名状的美、莫可名状的婉转流畅，就像一场不期而遇的梦，一首穿山渡水而来的山歌，一声从最蓬勃的时代、最年轻的心里流淌出来的深深叹息。它永远魅力十足，它永远无法复制，所以，它才"孤篇横绝"，所以，它才是"诗中的诗、顶峰上的顶峰"。

爱 情

如果生活被七色光照亮，那么，爱情一定是红色的。红是红颜，是"去年今日此门中，人面桃花相映红"的邂逅；是红烛，是"隔座送钩春酒暖，分曹射覆蜡灯红"的传情。然而，红还可能是落红，是"林花谢了春红，太匆匆"的无奈；是红笺，是"出门便是东西路，把取红笺各断肠"的痛苦；是红豆，是"红豆生南国，春来发几枝"的相思。红是热情的颜色，而爱情，正浸透了"子规夜半犹啼血，不信东风唤不回"的感伤与热诚。

崔护《题都城南庄》（书生）

北京的春天最是突如其来。地面的草色还没有铺匀，枝头已然是桃花红杏花白了。周末去郊外踏青的车塞满了马路，每个人心中都绽放着十里桃花。一千多年前，唐朝的都城长安又何尝不是如此呢？那个时候，绽放在春风里的，不仅有娇艳的桃花，还有动人的爱情。

题都城南庄
崔护

去年今日此门中，人面桃花相映红。

人面不知何处去，桃花依旧笑春风。

都：国都，指唐朝京城长安。

人面：指姑娘的脸。"人面不知何处去"句中"人面"指代姑娘。

去：一作"在"。

人面不知何处去，桃花依旧笑春风。

这首诗背后，有一个美丽的故事。

出身于高门大族博陵崔氏的英俊小生崔护进京赶考，结果榜上无名。崔护号称才俊，面对这样的结果当然难以接受。未曾衣锦，岂敢还乡？崔护干脆在长安城租了一间房子，住了下来，准备明年再考。这也是当时考生的常态。可是，一个人旅居异乡难免寂寞，正好外面春光如醉，崔护就到都城南门之外去踏青，排遣乡愁。走着走着不觉口渴，想找户人家讨水喝。这时候他看见一所庄园，园内花木葱茏，但是非常安静，如若无人。崔护走过去敲门，过了一会儿，有一位年轻姑娘隔着门问他做什么。崔护赶紧把自己春游口渴的事情说了一遍。姑娘打开门，给他倒了一杯水。崔护就站在桃树之下望着她，觉得她是那样的妩媚娇艳，堪比一树桃花。崔护才子风流，怦然心动，赶紧找话搭讪，但姑娘只是娇羞默默，并不回答。崔护的水总有喝完的时候，最后无奈起身告辞，姑娘将其送到门口，若不胜情。崔护更是不住顾盼，怅然而归。

然后生活又回到了常态。崔护天天努力读书，逐渐也就忘掉了这件事。直到第二年的春天，桃花又开了。崔护忽然想起了那位姑娘，思念之情如春草疯长，于是直奔城南，再去寻访佳人。又到了那户庄园，依然是花木葱茏，春光如醉。但是，大门却上了锁，佳人也不见芳踪。崔护久等无人，只能转身离去。但他毕竟是才子嘛，在离去之前，崔护提起笔来，在门扇上题了一首诗："去年今日此门中，人面桃花相映红。人面不知何处去，桃花依旧笑春风。"这就是我们如今读到的《题都城南庄》。

这故事是不是真的？不知道。即便这件事写在唐朝孟棨《本事诗·情感》里，我们依然不能全信。很可能，这个故事正是根据这首诗演化而来的，后人将果做因，倒把诗变成了故事的附属品。但无论这个故事有还是没有，诗真的是好诗。好在哪里？

这首诗就四句话，基本词更是只有四个字——"人面桃花"。可是，仅仅靠"人面桃花"这四个字、两个词的组合拆分，就把两个春天、两个少年人，从天缘巧遇到物是人非的故事都讲了出来。而且讲得明媚鲜艳，风流蕴藉，余音袅袅，回味无穷。

先看第一句"去年今日此门中"。去年今天，就在这个大门里。一上来先写时间、地点，好像是一个记叙文或者是叙事诗的开头，看似平淡无华，却又留了无限余地给后面，这就是会写诗的做法。

果然，第二句就发力了。"人面桃花相映红"，这句诗写得真美。中国人自古拿桃花比美人。比如《诗经·桃夭》："桃之夭夭，灼灼其华。之子于归，宜其室家。"就是拿盛开的桃花来比新嫁娘。

春秋时期著名的美女息夫人又称桃花夫人，传说息夫人美如桃花。但是，这都是拿花来比人，花和人是分开的。这句"人面桃花相映红"不一样，它是真的把花和人放在一起了，这就好比李白《清平调》第三首第一句，"名花倾国两相欢"，是花、人同框。但是，"名花倾国两相欢"强调的是什么？是高贵。"名花"是花中最高贵的，"倾国"是美女中最高贵的，这不是不好，但是太有宫廷气象了，缺少了一点俗世的温度。"人面桃花相映红"不一样。人面就是一张少女的脸，倾国倾城吗？不一定，但是青春逼人，生机勃勃。桃花就是一种普通的花，艳冠群芳吗？不一定。但它属于春天，也生机勃勃。人生的春天和自然的春天相互碰撞，交相辉映，这才是"人面桃花相映红"。一个"红"字，把春天的美好、青春的美好，都表达出来了。而这种美好，是每个人都拥有过的美好，也是每个人都能体会到的美好，这才是最令人感动的呀。事实上，当时让诗人怦然心动的，不也正是这种平凡的小美好吗？

然而接下来，不是像《桃夭》中顺理成章的"之子于归，宜其室家"，而是出人意料的"人面不知何处去，桃花依旧笑春风"。本来，"人面"和"桃花"是合在一起的，人生的节拍和自然的节拍一起律动，这才是天人合一。但是现在呢，"桃花"和"人面"分离了，"桃花依旧笑春风"，自然界春光不改，可是那个和桃花一样娇艳的姑娘呢？却杳无芳踪了。两相对照，物是人非。许多让人感动的诗词，主题不正是这种物是人非的感慨吗！比如李煜的"雕栏玉砌应犹在，只是朱颜改"，再比如林黛玉的"桃花帘外开仍旧，帘中人比桃花瘦"。作为对照物的过去越美好，现在失去之后的心情越悲哀。但是注意，崔护这首诗的情调，与李煜，与林黛玉，又有极大的不同。李煜叹息的，是国破家亡，金粉成灰；林黛玉感慨的，是生命将逝，爱情无望。这两种情调都是那么哀婉悲凉，让人闻之泪下。但崔护不一样。他说："人面不知何处去，桃花依旧笑春风。"这只是一种属于青春的惆怅，像烟一样笼罩在春日的上空，有一点儿伤感，但仍然跳动着生命的力量。哀而不伤，这也正是我们衷心喜欢的所谓"大唐之音"。

其实，这首诗除了青春逼人、曲折回环之外，还有一个妙处，那就是余音袅袅。它虽然短小，但是留下的想象空间特别大。所有读这首诗的人，都自然而然地会想，后来呢？后来诗人和姑娘到底怎样了？一切皆有可能。这里，提供两个想象的结局吧。

结局一，来自《本事诗·情感》的原文。据说，崔护题诗之后，仍不死心，过了几天，他又到城南寻访佳人。走到门边，竟然听到一阵哭声。崔护叩门询问，这时候出来一位老人，问他："你可是崔护？"崔护说："是呀。"老人哭骂道："你杀了我女儿！"崔护赶紧问怎么回事。老人告诉他："我女儿知书达理，尚未嫁人。自从去年春天就经常恍恍惚惚，若有所失。我前几天陪她出去散心，回来见到门上的诗，她读完之后就病倒了，这才几天，已经香消玉殒！我只有这么一个女儿，之所以迟迟不嫁，就是想找一个可靠君子，托付终身。不料她却因你而死！"崔护听了，十分不忍，要求进去哭灵。没想到，姑娘听到他的哭声，竟然慢慢睁开了眼睛。最后的结局呢？当然是有情人终成眷属。这是一个喜剧的版本。

结局二，张爱玲的小说《爱》，全文才三百多个字。

有个村庄的小康之家的女孩子，生得美，有许多人来做媒，但都没有说成。那年她不过十五六岁吧，是春天的晚上，她立在后门口，手扶着桃树。她记得她穿的是一件月白的衫子。对门住的年轻人同她见过面，可是从来没有打过招呼的。他走了过来，离得不远，站定了，轻轻地说了一声："噢，你也在这里吗？"她没有说什么，他也没有再说什么，站了一会儿，各自走开了。就这样就完了。

后来这女子被亲眷拐子卖到他乡外县去做妾，又几次三番地被转卖，经过无数的惊险的风波，老了的时候她还记得从前那一回事，常常说起，在那春天的晚上，在后门口的桃树下，那年轻人。

于千万人之中遇见你所遇见的人，于千万年之中，时间的无涯的荒野里，没有早一步，也没有晚一步，刚巧赶上了，那也没有别的话可说，唯有轻轻地问一声："噢，你也在这里吗？"

同样是春天，同样是人面桃花，之后的故事，有几多欢喜，又有几多悲凉！这就是崔护《题都城南庄》的妙处。它有可能来自一个十分传奇的故事，但它不是叙事诗，而是抒情诗。它不提供任何固定的结局，它只提供一个每个人都可能拥有过的人生体验：在不经意时遇到的某种美好，当你再去刻意追求时，却已不可复得。那么，这是桃花，是姑娘，是青春，还是桃花源呢？

韩翃《章台柳》（书生）

俗话说"无巧不成书"。崔护的"人面桃花"还只是传奇界的小清新，而真正大开大合、跌宕起伏的青春故事，是同样记载在《本事诗·情感》中才子韩翃与佳人柳氏的故事。这故事里，隐含着两首诗，一首是《章台柳》，另一首是《杨柳枝》。

韩翃是大历十才子之一，写过著名的《寒食》："春城无处不飞花，寒食东风御柳斜。日暮汉宫传蜡烛，轻烟散入五侯家。"那是春风中起舞的御柳，而《章台柳》与《杨柳枝》，讲的却是柳条在秋风中的漂泊。

章台柳

韩翃

章台柳，章台柳，昔日青青今在否？

纵使长条似旧垂，也应攀折他人手。

杨柳枝

柳氏

杨柳枝，芳菲节，所恨年年赠离别。

一叶随风忽报秋，纵使君来岂堪折！

章台：汉朝长安一条繁华的街道名，在陕西长安故城西南，战国时期建，后来借称妓院所在。

这两首诗，第一首是韩翃给爱妾柳氏的问候，第二首则是柳氏给韩翃的回答。关于这诗这事，有两个出处，一个是唐朝许尧佐写的传奇小说《柳氏传》，另一个是唐朝孟棨的《本事诗》。唐传奇在中国小说史上的地位自不待言，《本事诗》也是一本有趣的著作，它意在论诗，却又记载了那么多诗歌背后的奇人逸事，让人如读小说，津津有味。《题都城南庄》也罢，《章台柳》也罢，背后都有诗人的人生故事。要论诗，或许崔护的《题都城南庄》稍胜一筹，但要论传奇性，那韩翃的故事又不知道高过崔护的多少了。怎么回事呢？

韩翃本来是一介寒士，家徒四壁，但是素有才子之名，所以也交了很多朋友。其中有一个朋友姓李，姑且就叫他李生吧，特别有钱，而且欣赏才子，他把韩翃请到家里住，每天高谈阔论。李生有一个宠姬姓柳，能歌善舞，艳冠一时。她对韩翃动了好奇之心，整日从墙缝里偷窥，越看越觉得韩翃非同寻常。有一天，柳氏对李生说，韩秀才虽然现在落魄，但是绝对不会久居人下。李生一听，顿觉柳氏对韩翃有意。

李生爱朋友胜过爱美人，决定成全这对才子佳人。于是，他置了一席酒宴，酒酣耳热之际，对韩翃说："秀才当今名士，柳氏当今名色，以名色配名士，不亦可乎！"说罢飘然而去，还给两个人留下三十万资财，真是豪气逼人。所谓"一顺百顺"，韩翊得到柳氏的第二年就考上了进士，用实际行动证明，柳氏也罢，李生也罢，确实没有看走眼。故事讲到这里，可真完美。落魄的才子、慧眼识英雄的佳人、慷慨的富豪朋友，真是中国古代版的爱情传奇。

然而，故事并没有完。中国人自古讲究衣锦还乡。韩翊考中进士后还乡省亲，柳氏留在长安等候夫君归来。可是不承料到，就在这时候，安史之乱爆发了。兵荒马乱，这对乱世儿女也如雨打浮萍。柳氏怕遭人侮辱，落发为尼，韩翊则被淄青节度使侯希逸招为节度掌书记，到了山东。

这样过了三年。局势渐渐稳定下来，韩翊派人带了一口袋的散碎金子，到长安打听柳氏的下落。那人千辛万苦找到柳氏，奉上口袋。柳氏一看，白绢上题了一首诗："章台柳，章台柳，昔日青青今在否？纵使长条似旧垂，也应攀折他人手。"柳氏泪如雨下，当即回了一首："杨柳枝，芳菲节，所恨年年赠离别。一叶随风忽报秋，纵使君来岂堪折！"后来，"章台柳""杨柳枝"都成了词牌，所以，说它是两阕词，也可以。这时候，通了音信，对了暗号，是不是韩翊和柳氏就要破镜重圆了呢？

　　并没有。韩翃接到了柳氏的消息，满心欢喜。正好他的上司淄青节度使侯希逸入朝，要带韩翃去。韩翃更是喜出望外。到了长安，第一时间到寺院寻找柳氏，没想到，就在他回京之前，柳氏已经被人抢走，音信全无了！韩翃顿足长叹，无可奈何。

　　可是谁也没想到，事情又有了转机。有一天，韩翃在长安城信马由缰，忽然，前面的豪车里传出了一个声音：后面骑马的，可是韩员外？谁的声音呢？柳氏。柳氏告诉韩翃，她被新近立了大功的番将沙吒利抢走，做了小妾！事出仓促，柳氏不能久留，就约韩翃第二天再见。韩翃一夜无眠。到了第二天约定的时候，柳氏又乘车来了，但是，她并没有下车，只是从车上递出一个玉盒，装着自己平时用的胭脂，哭着对韩翃说，我已不能脱身，这个给你留作纪念，咱们从今永别了！说完绝尘而去。

　　柳氏为什么不留下来，韩翃为什么不追上去？因为安史之乱的平定，在很大程度上是借助了少数民族，特别是回鹘的力量，所以，当时的回鹘将士个个耀武扬威。这个沙吒利，很可能就是一个回鹘将军吧。韩翃一介儒生，柳氏一介弱女，怎么可能和人家抗衡呢？

　　失而复得，得而复失。至此，故事结束了吗？还没有。正好这一天淄青节度使属下的武将在酒楼聚会，拉韩翃一起喝酒。看到韩翃丧魂落魄，将领们就问他怎么回事。韩翃把来龙去脉讲了一遍，座中站起了一位少年将领，叫许俊。许俊说，朗朗乾坤，岂容这等混账事！此事交给兄弟我，请韩兄给我写几个字就行。韩翃依言写了几个字，许俊换上一身胡装，骑上一匹马，又牵上一匹马，就出去了。到哪里去了呢？许俊到了沙吒利家门口。眼看沙吒利出了门，又过了一会儿，许俊忽然大声砸门，说将军坠马，要不行了，想见柳夫人最后一面。柳氏慌忙出来，这时候，许俊就将韩翃的字给她看，然后扶她上马，催马扬鞭，转眼带到了酒宴之上。柳氏和韩翃执手落泪，大伙儿欢声雷动。

　　可是欢呼过后，武将们立刻意识到，自己给主帅找麻烦了。弄不好，淄青节度使侯希逸要被连累。大家一商量，赶紧找到侯希逸认罪。侯希逸听罢，大喝一声道，这么急公好义的事，应该我来做呀，怎么让许俊这小子占了先！立即给唐代宗上表说：沙吒利夺人所爱，不义在先，我的下属许俊擅自把人抢了回来，我愿意承担管教不严之罪，请皇帝裁决。唐代宗是怎么处理的？唐代宗听了这个故事，深深感动，特别赐钱给沙吒利，柳氏判归韩翃。就这样，柳氏和韩翃历经曲折，终成眷属。真是一个好故事。

有了这样一个好故事，再看诗吧："章台柳，章台柳，昔日青青今在否？纵使长条似旧垂，也应攀折他人手。"所谓"章台"，本来是秦国的宫殿，当年蔺相如给秦王献和氏璧，就在这座殿里。汉朝长安城有章台街，这里说的"章台"，其实就是代指长安。"柳"呢？既可以指柳树本身，又暗指柳氏的"柳"。"章台柳，章台柳"，诗人连用叠句，可见呼唤的急切和感情的焦灼。诗人呼唤什么，又焦灼什么呢？

下一句："昔日青青今在否？"当年你青枝绿叶，如今还是那样吗？要知道，《世说新语》里有一句话叫作："蒲柳之姿，望秋而落；松柏之志，经霜弥茂。"柳树柔弱，不禁摧残，所以，诗人才会问："昔日青青今在否？"这是在借柳喻人呀。所以，这句诗又可以理解为：当年我离开时，你正艳冠群芳，如今经历风雨，你是否还是那般模样？可能有人会想，这个韩翃太直男癌了，只关心容貌。难道容颜不再，他就不喜欢了吗？话不能这样理解。柳氏在诗人心中，就是青春和美丽的化身。蒲柳弱质，本来不该摧残，也不容摧残。一句"昔日青青今在否"，其实就是两个问题：你还在吗？你还好吗？这两个问题背后，是诗人的担忧和痛惜呀。这句诗还有另一个写法："往日依依今在否？"直接化用了《诗经·采薇》的"昔我往矣，杨柳依依，今我来思，雨雪霏霏"，意思也非常好。

在不在、好不好是一重担心，诗人其实还有另一重担心："纵使长条似旧垂，也应攀折他人手。""长条似旧垂"，这是在呼应"昔日青青"。中国古代不是有折柳送别的风俗吗？柳条只要返青，就难免被攀折的命运。女子也一样，兵荒马乱之中，女子的美丽大概就像柳条的青翠一样，会带来灾祸吧？就算你美丽依旧，应该也被他人带走了吧？乱世男子的牵挂与忧伤，就这样借着柳树委婉地表达了出来："章台柳，章台柳，昔日青青今在否？纵使长条似旧垂，也应攀折他人手。"这首诗清新委婉，而又比拟巧妙，青青杨柳和依依柳氏仿佛融为一体，耐人寻味。

韩翃写得好，柳氏答得也好。"杨柳枝，芳菲节，所恨年年赠离别。一叶随风忽报秋，纵使君来岂堪折！"在花团锦簇的春天，杨柳也舒展身姿，随风起舞。可恨的是，这样柔软的柳枝，却要年年被攀折，赠予离别之人！杨柳天生与离别相伴，这已经够可怜了。更可怜的是"一叶随风忽报秋，纵使君来岂堪折"！《淮南子》说，"见一叶落而知岁之将暮"，这就是后人说的"一叶落知天下秋"啊。转眼之间，春去秋来，纵使你此时再来，柳条已经无法再折了！什么

昔我往矣，杨柳依依。

意思呢？杨柳命中注定被人攀折，已经很可怜。更可怜的是，就算攀折，它也希望被你攀折，可是你来得太晚，它已经凋零，你攀折不到了！很明显，既然你韩翃拿柳树来比我，那我也拿柳来自比吧。在人生的春天，我也曾吐露芳华。可恨的是，我美好的青春却被离别所误，不能在你身边尽情绽放！光阴似箭，人生易老，我如今已经容貌凋残，就算再见，你应该也不喜欢我了吧？柳氏多聪明啊，你说攀折，我也说攀折，但是，你说的是"也应攀折他人手"，而我回的却是"纵使君来岂堪折"。这其实就是在告诉韩翃，我并没有被攀折他人手啊，我还在等你。但是，因为长久的别离，我已美颜不再，恐怕连你也不想攀折了吧！一个乱世女子的委屈与担心跃然纸上。

两首诗，一问一答，谁也没说自己，只是讲了柳树的故事。但是，就借着折柳赠人这么一个风俗，乱世男子的牵挂和乱世女子的委屈已经表露无遗，这就叫风流婉转，语浅情深，不着一字，尽得风流。赠诗的韩翃，是个真才子；答诗的柳氏，也是个真佳人。他们的诗，配得上他们的故事。

最后再感慨一下，唐朝真是诗人的黄金时代。在这个时代，豪门会为诗人献出美女，武将会为诗人舍生忘死，连皇帝都会为诗人网开一面。有这样的唐朝，才有这样的唐诗。

李白《清平调》三首（君王）

　　中国人讲爱情，最常见的模板是才子佳人，"窈窕淑女，君子好逑"是也。其次是"劳动人民的爱情"，"逢郎欲语低头笑，碧玉搔头落水中"是也。至于帝王之情，很多人就要"呵呵"了，皇帝或是三宫六院无止境，或是江山为重美人轻，有什么爱情可言呢？可正因为如此，若是哪个帝王表现出了"人味儿"，敢爱敢恨，那就会格外引人注目，让诗人反复吟唱。

清平调（三首）
李白

云想衣裳花想容，春风拂槛露华浓。

若非群玉山头见，会向瑶台月下逢。

一枝红艳露凝香，云雨巫山枉断肠。

借问汉宫谁得似，可怜飞燕倚新妆。

名花倾国两相欢，常得君王带笑看。

解释春风无限恨，沉香亭北倚阑杆。

槛：栏杆。

露华浓：牡丹花沾着晶莹的露珠，更显得颜色艳丽。

飞燕：汉成帝宠妃赵飞燕。

倚新妆：形容女子艳服华妆的姣好姿态。

解释：消解。

　　所谓"清平调"，其实是汉乐府的两种曲调。一个叫清调，一个叫平调。两者都是丝竹乐，所用乐器有笙、笛、筑、篪、节、琴、瑟、筝、琵琶等。因为用的是乐府旧题，所以，李白这《清平调》三首，虽然看起来很像七言绝句，但其实应该是七言乐府。这三首诗，对李白来说，其实是命题作文。什么意思呢？

　　李白不是因为写诗出名，在天宝元年（742）应召进入翰林院吗？所谓"仰天大笑出门去，我辈岂是蓬蒿人"，顿感扬眉吐气。唐玄宗对他也非常礼遇，号称"御手调羹，龙巾拭吐"。但是要知道，李白担任的职责不是翰林学士，而是翰林供奉。所谓翰林学士，就是皇帝的秘书兼参谋，负责起草公文；翰林供奉则是陪皇帝玩儿的清客。具体来说，有棋供奉、画供奉，当然也有诗供奉，李白就是诗供奉。真正的职责就是陪皇帝写诗，或者给皇帝写诗。所以李白进了翰林院，就写些《宫中行乐词》之类的东西，算是他的本职工作。这个工作挺荣耀，也挺轻松，但是，不符合李白的理想。李白是一个有政治抱负的人，他入长安，是要"济苍生，安社稷"，怎么甘心做一个天子弄臣呢？李白本来就喜欢喝酒，这时候心情起起落落，就喝得更厉害了，也有点借酒消愁的意思。杜甫所谓"李白斗酒诗百篇，长安市上酒家眠。天子呼来不上船，自称臣是酒中仙"，其实不仅是洒脱，更多的倒是无奈与不平。

有一天，工作又来了。什么工作呢？天宝二年（743）的一个春日，唐玄宗骑着名马夜照白，杨贵妃坐着步辇，一起到兴庆宫的沉香亭赏牡丹。人们都以为牡丹是唐朝的国花，刘禹锡不是说过"唯有牡丹真国色，花开时节动京城"吗？但是，要知道，刘禹锡这首《赏牡丹》已经是唐朝中后期的作品了。那个时候，无论是长安，还是洛阳，都已经大规模种植牡丹，形成社会风潮。但是在唐玄宗时期，牡丹还属于比较新鲜的花品，当时长安兴庆宫的沉香亭里，刚刚引种了四种牡丹：一红，一紫，一浅红，一通白。皇帝和贵妃赏花，歌王李龟年手持檀板，带着十六部乐工在旁边伺候，随时准备奏乐演唱。可是唐玄宗看看娇艳欲滴的牡丹，再看看雍容华贵的妃子，忽然兴致大发，说了一句话："赏名花，对妃子，焉用旧乐词！"原来的老歌不对景，要换新词。谁有这么高的水平，立马就能写出新词来呢？当然是李白。李白《上韩荆州书》不是说"请日试万言，倚马可待"吗？所以唐玄宗立刻命李龟年拿了宫里特制的金花纸到翰林院找李白。可是李白前一天喝多了，宿醉未醒。怎么办呢？皇帝的命令急如火，李龟年不敢怠慢，赶紧把李白摇醒，告诉他，皇帝和贵妃此刻在沉香亭赏牡丹花，皇帝说，赏名花，对妃子，焉用旧乐词！立等着先生写一篇新词，请先生赶紧醒醒。李白此刻看没看见牡丹？没看见。看没看见贵妃？没看见。看没看见皇帝？没看见。看没看见沉香亭？还是没看见。眼前什么都没有，就对着一张纸，头脑又晕晕乎乎，还得提笔就写，一挥而就，像不像我们写高考命题作文时候的样子？非常像。这样的命题作文怎么写呢？

先看第一首："云想衣裳花想容，春风拂槛露华浓。若非群玉山头见，会向瑶台月下逢。"什么是"云想衣裳花想容"？看见云彩，就想起你飘飘的衣裳；看见牡丹，就想起你娇艳的脸庞。这个句子没有主语，那就可以把主语设想成任何人了。我看见云，就想起你的衣裳；皇帝看见云，就想起你的衣裳；推而广之，任何人看见云，都会想起你的衣裳；任何人看见花，都会想起你的脸庞，这就是杨贵妃的美，可以征服一切人。那"春风拂槛露华浓"呢？所谓"春风"，既可以指自然的春风，也可以指皇帝的恩宠。因此，这句话既可以理解为在春风的吹拂之下，栏杆外带着露水的牡丹随风摇曳，尽展芳华；也可以理解为贵妃在皇帝的恩宠下绽放青春，展现出迷人的风采。这就叫人花一体，一语双关。接下来，"若非群玉山头见，会向瑶台月下逢"。群玉山和瑶台，都是西王母居住的地方，也就是女神的世界。这样美艳的妃子到哪里找啊，不是在群玉山，

云想衣裳花想容，春风拂槛露华浓。

就是在瑶台吧？这其实是把杨贵妃比作了神仙姐姐，说她超凡脱俗，惊为天人。而且，玉山也罢，瑶台也罢，云彩也罢，月色也罢，是什么颜色？淡的，白的。而沉香亭的四种牡丹里有红有白，这是把贵妃比成了淡雅的白牡丹，其人如玉，飘飘欲仙。

再看第二首："一枝红艳露凝香，云雨巫山枉断肠。借问汉宫谁得似，可怜飞燕倚新妆。"这是拿红牡丹来比贵妃了。怎么比呢？"一枝红艳露凝香。"这里不仅有颜色，还有气味。一枝红艳艳的牡丹花，带着露水，凝着幽香。这只是在讲花吗？当然不是。唐朝的笔记小说中讲，杨贵妃是个胖美人，胖人怕热，即使是几个侍女轮流扇扇子，她还是会出汗。最妙的是，贵妃的汗和凡人不同，红腻而多香，用巾帕擦拭，会留下桃花一样的红印。李白大概是想起了这个香艳的传闻吧，所以，大笔一挥，"一枝红艳露凝香"。香艳归香艳，但是不露痕迹，耐人寻味。第二句："云雨巫山枉断肠。"巫山云雨，这是个典故，出自战国时期大诗人宋玉的《高唐赋》。写楚襄王游云梦泽，夜里梦见一个神女对他说："妾在巫山之阳，高丘之阻。旦为朝云，暮为行雨。朝朝暮暮，阳台之下。"本来是说神女兴云化雨的事，后来人们加以附会，就用来比喻男女欢会了。那么，李白在这里讲"云雨巫山枉断肠"是什么意思呢？这是在说，跟楚襄王欢会的女神虽然很美，但那只是在梦中，醒来之后，女神已经化为一朵轻云、一阵细雨，虚无缥缈，让人肠断。而杨贵妃呢？杨贵妃可是真实的存在，无论朝朝暮暮，永远伴随在君王左右，这是多幸福的事啊！

比完楚襄王，还不够。就像我们如今动不动就"梦回大唐"一样，唐朝人特别崇拜汉朝，喜欢和汉朝人比。白居易《长恨歌》第一句不就是"汉皇重色思倾国"吗？李白也是一样，以汉比唐。"借问汉宫谁得似？可怜飞燕倚新妆。"这是把杨贵妃比成汉成帝的皇后赵飞燕。赵飞燕是中国历史上著名的美女，身材纤细，据说可以在人的手掌中跳舞。有人可能会说，李白拿一个瘦美女去比一个胖美女，这不是骂人吗？还有人说，赵飞燕出身微贱，品德也不好，李白这是在拿赵飞燕讽刺杨贵妃。有没有这种可能？完全没有。唐朝不存在体重歧视，也不特别标榜道德，而且，李白这是在写应制诗，就是给皇帝和妃子唱赞歌，哪里还会有讽刺的意思啊！赵飞燕在李白的心里，只是一个美女的代称。既然赵飞燕已经是绝色美女了，说杨贵妃像赵飞燕是不是就行了？当然不行。必须说杨贵妃比赵飞燕还漂亮。那应该怎么说呢？"借问汉宫谁得似，可怜飞燕倚新妆。"贵妃如此美丽，大概只有赵飞燕精心装扮之后，才能稍稍比得上吧。

第一首是拿白牡丹来比杨贵妃，恍若神仙妃子，第二首就拿红牡丹来比杨贵妃，超过历代佳人。空间和时间都比完了，该收尾了。

第三首："名花倾国两相欢，常得君王带笑看。解释春风无限恨，沉香亭北倚阑杆。"名花也罢，妃子也罢，主人是谁？当然是唐玄宗。再进一步讲，诗人的恩主是谁？也是唐玄宗。所以讲完了名花，讲完了妃子，最后该归到唐玄宗这里了。"名花倾国两相欢，常得君王带笑看。"倾国，用的是汉武帝李夫人的典故。李夫人的哥哥李延年唱过"北方有佳人，绝世而独立。一顾倾人城，再顾倾人国"。从此，倾国就成了美女的代称。娇艳的牡丹和倾国倾城的妃子相互映衬，这是豪华版的"人面桃花相映红"啊。此情此景，一定会让君王长长久久地笑着欣赏，笑着玩味吧。下两句："解释春风无限恨，沉香亭北倚阑杆。"春风代指君王，所以，这句诗既可以理解成春风消解了人们的全部烦恼，也可以理解成名花和妃子消解了君王的全部烦恼，栏外花，栏内人，都在沉香亭北，共同倚着栏杆，深深沉醉了。唐玄宗不是说"赏名花，对妃子"吗？到最后，李白就像在照相一样，给了他们一个合家欢。在这个合家欢里，牡丹映衬着妃子，妃子陪伴着君王，大家一起陶醉在春光里，也陶醉在君王的恩泽中。

这三首应制诗，紧扣"赏名花、对妃子"的主题，从仙人的瑶台，写到汉皇的宫廷，再回到现实的沉香亭，大开大合，亦真亦幻。真是句句秾丽，字字流葩。它意义深吗？不深。它只是给李龟年演唱的应景歌曲，命题作文；但是，它风流旖旎，华丽高贵，符合人们对唐朝盛世和李杨爱情的全部想象，它就像那个花光满眼、春风满面的时代。三首半醉半醒中信笔写就的歌词，也让我们知道，李太白就是李太白，白居易比不了。

为什么要说到白居易？因为写杨贵妃的诗，如今大家最耳熟能详的就是《长恨歌》了。《长恨歌》里怎么写杨贵妃？"春寒赐浴华清池，温泉水滑洗凝脂。侍儿扶起娇无力，始是新承恩泽时。"虽然铺陈得很细腻，但是，对于一个妃子而言，不雅驯。说通俗一点，有点猥亵，不是一个臣子应该说的话。所以，白居易自己也承认，"一篇长恨有风情"。这是一首有点风情的诗，不是雅乐正声。反观李白，"云想衣裳花想容"也罢，"一枝红艳露凝香"也罢，浓艳归浓艳，但是，自有一种高贵的气质和一种洒脱的风度，这才称得上诗仙。

据说，李龟年得了这三首诗，立刻交给唐玄宗和杨贵妃。唐玄宗和杨贵妃大喜过望。唐玄宗亲自拿了玉笛伴奏，李龟年执了檀板演唱，杨贵妃则拿了琉璃七宝盏，斟上西凉州葡萄酒，缓缓饮下，拜谢君王。这才是真正的贵妃醉酒，从一千多年前，一直醉到了今天。

李商隐《无题·重帏深下莫愁堂》（相思）

　　相思是一种病，症状包括迎风洒泪，对月长叹，乃至于柔肠百转，长夜无眠。这病一旦染上，就再难治愈。尽管如此，却有那么多痴男怨女宁愿染病沉疴，九死不悔，因为这病的病根儿是爱情。

无题·重帏深下莫愁堂
李商隐

重帏深下莫愁堂，卧后清宵细细长。

神女生涯原是梦，小姑居处本无郎。

风波不信菱枝弱，月露谁教桂叶香。

直道相思了无益，未妨惆怅是清狂。

直道：即使、就算。
了：完全。
清狂：痴情。

李商隐留下来的诗近六百首，其中的无题诗，在李商隐的诗作中大体只占十四分之一，并没有一般人想象的那么多。可是，只要提到李商隐，人们首先想到的一定是无题诗。他的无题诗太美，也太有特色了。什么特色呢？朦胧。无人能够明确说出他在讲什么。这首先就是因为它无题。一般说来，诗的题目就是它要讲的内容，比如杜甫的《蜀相》，当然是在讲诸葛亮；虞世南的《蝉》，当然是在讲蝉。然而，一旦没有题目，立刻就会让人产生一种找不到方向的感觉。不过，大部分诗，即便把题目拿掉，还是可以从诗句中读到确切信息。任何人看到"慈母手中线，游子身上衣"，都会知道这是一个游子对母亲的歌颂吧？哪怕不知道它叫《游子吟》，也完全不妨碍对内容的理解。

但是李商隐的《无题》不一样。他的"春蚕到死丝方尽，蜡炬成灰泪始干"，如今在教师节的时候，不是都拿来献给老师吗？但是，原诗的首联是"相见时难别亦难，东风无力百花残"，显然，老师和学生之间尽管深情厚谊，却绝对不会这么缠绵。这毫无疑问是一首爱情诗。既然知道是爱情诗，那就可以根据诗句读出确切信息了吧？没错，我们可以通过诗句知道主题是爱情，但是，这段爱情我们真的明白吗？同样是爱情诗，白居易的《长恨歌》，谁都知道是讲唐玄宗和杨贵妃之间的爱情。还有更多的爱情诗，就算我们不知道男女主人公的名字，也大体能够了解他们的生活、他们的情感。比如李白的《长干行》，男女主人公就是一对青梅竹马、两小无猜的商家儿女，却因为"十六君远行"，而饱尝相思之苦。可是李商隐的《无题》呢，虽然我们知道它是爱情诗，却总猜不透男女主人公是什么人，他们过着什么样的生活，他们为什么相爱，又为什么分开。仿佛一切都是"雾失楼台，月迷津渡"。然而，尽管李商隐的无题诗暧昧，却并不妨碍人们喜欢它。恰恰是因为它朦胧的意象和强烈的抒情，让我们虽然无法分享其中的故事，却能够更集中精力去体味它的情感、它的意境，甚至沉溺在这情感和意境之中，让它唤醒我们内心深藏的美好情感。《无题·重帏深下莫愁堂》就是如此。

先看首联："重帏深下莫愁堂，卧后清宵细细长。"这是在讲一个睡美人。但不是酣眠不起的睡美人，而是怎么也睡不着的睡美人。为什么这么说呢？所谓"重帏"，当然是帘幕重重。莫愁堂呢？莫愁是诗文传说中的女性形象，也可以作为女子的代称。那么，莫愁堂就是一个女子的房间了。这个房间是什么样子的呢？不是"开轩面场圃"，它没有这么开朗；也不是"小轩窗，正梳妆"，它没有这么温情。它是"重帏深下莫愁堂",是被重重帘子包裹起来的屋子。瞬间,一种寂寞压抑的感觉就油然而生了。宋代欧阳修"庭院深深深几许,杨柳堆烟,帘幕无重数",不也是这种感觉吗?这样的环境,是让人忧愁的,可诗句偏偏说是"莫愁堂"。这种对照如同反讽,是何等微妙呀。重帏背后,美人愁肠百结,所以才有下一句:"卧后清宵细细长。"所谓"卧后清宵细细长",其实就是夜不能寐。因为对于酣眠的人来说,身一躺,眼一闭,不知不觉,天就亮了。而心事重重的人,数着更漏,看着天光,才会觉得时间格外细碎,黑夜格外漫长。《红楼梦》里"展不开的眉头,挨不明的更漏",不就是这个道理吗?一联"重帏深下莫愁堂,卧后清宵细细长",环境的压抑和暗淡出来了,女主人公内心的寂寞和曲折也出来了。

那么,女主人公为什么夜不能寐?看颔联:"神女生涯原是梦,小姑居处本无郎。"原来,她是在反复咀嚼自己幻灭了的爱情。"神女生涯原是梦",所谓神女,用的是巫山神女的典故。赤帝的女儿姚姬未嫁而死,葬在巫山之阳。楚襄王游云梦泽,梦见神女和他欢会。所以,所谓"神女生涯",无非是说和爱人的亲密相处。可是,巫山神女的故事本来就出自楚襄王的一梦,是梦就终有醒来的一刻。那梦醒之后又如何呢?梦醒之后是下一句:"小姑居处本无郎。"

这用的是清溪小姑的典故。所谓"清溪小姑"，其实是指汉朝秣陵尉蒋子文的三妹。蒋子文生前打仗，死后成神，南京钟山又叫蒋山，就是孙权为纪念蒋子文而改的名字。据说蒋子文战死之后，他未嫁的三妹投水而死，死后也成了神仙，蒋山下有一条小溪叫清溪，蒋家三妹也就号称"清溪小姑"。虽然是神仙，但未嫁而死，在世人的眼中难免孤独寂寞，所以南北朝乐府中有《神弦歌》："开门白水，侧近桥梁。小姑所居，独处无郎。"从此，"小姑所居"，也就意味着女子未嫁。把这两句诗联系在一起，就是说，之前那短暂的男欢女爱只不过是一场梦而已，女主人公终究还是小姑未嫁，终身无托。这种感觉，我们称之为失恋。问题是，女主人公是谁？为什么会失恋？却又无从知晓。只是从诗人将其比成巫山神女，大体可以推断，这女子的身份不高，也许是歌舞伎，也许是女道士，这样的人容易陷入恋爱之中，但是，又最不容易获得爱情的成果。她渴望爱情，但爱情带给她的只有深深的幻灭感。所谓"神女生涯原是梦，小姑居处本无郎"，今昔对比，真是令人惆怅啊。

女主人公已经备受爱情的煎熬了，可这还不够。紧接着，颈联要转了。转到哪里呢？从女主人公的心情转向了外界的环境。外界是如何对待女主人公的呢？"风波不信菱枝弱，月露谁教桂叶香。"

菱枝本来柔弱，然而风偏要吹它，浪偏要打它；桂叶本应飘香，可月亮并不照看它，露水也不滋润它。前一句让我想起了《红楼梦》里讲的"花原自怯，岂奈狂飙；柳本多愁，何禁骤雨"。女主人公本来已经柔肠寸断，可是，恶势力还是要欺凌她，打击她，这是何等残暴！后一句又让我想起了"五更疏欲断，一树碧无情"。面对她的困境，那些本来应该帮助她、抚慰她的人也弃她而去，这又是何等无情！又或者，这欺凌和抛弃，本来就是她爱情幻灭的根源。无论是哪一种情况，女主人公都已经内外交困，心力交瘁了，这当然是不幸的。但是，这一联诗仅仅是在讲女主人公的不幸吗？并非如此。别忘了，中国古代有用香草比德的传统，诗人不拿女主人公比菱花桂花，却拿她比菱枝桂叶，菱枝桂叶不是花朵却自有芳华。这意味着什么呢？很可能暗示着女主人公虽然出身卑微，却仍然有着美好的灵魂。

有了这一层铺垫，我们才能理解尾联："直道相思了无益，未妨惆怅是清狂。"这一联，写得真沉痛，但又真有力量。沉痛在哪里呢？沉痛在女主人公的清醒。她完全知道结局，知道相思不可能有任何结果，执着于这份相思，只会让自己痛苦。但是，尽管如此，她并不试着摆脱，甚至也不试着忘记，她还要说："未妨惆怅是清狂。"

注意，这个"清狂"的"清"，是"清洁"的清，而不是"轻浮"的"轻"。它不是轻佻狂放，而是不狂之狂。什么又是不狂之狂呢？就是一种明知故犯的沉溺，一种不计代价的痴情。在这个世界上，追求爱也罢，追求学问也罢，追求成功也罢，有多少人敢说，我的追求不图回报，我的追求不计代价呢？没有几个人吧？可是，李商隐笔下那菱枝一样柔弱的女主人公却敢说"直道相思了无益，未妨惆怅是清狂"，这种知其不可而为之的态度，是何等赤诚、何等执着啊。毫无疑问，《无题·重帏深下莫愁堂》不是李商隐最著名的无题诗，但却是我最喜欢的，为什么呢？在很大程度上正是因为"直道相思了无益，未妨惆怅是清狂"。它的力道，胜过了"春心莫共花争发，一寸相思一寸灰"，也胜过了"此情可待成追忆，只是当时已惘然"。在它的执着之中，自有一种凛然不可轻视的力量，让整首诗峭拔起来，仿佛花朵在风雨中昂起了头。这种精神，固然可以属于一个执着于爱情的女子，也同样可以属于一个执着于理想的书生，甚至是一位执着于报国的义士，让不同的人都心有所感，这就是这首无题诗的力量。

李白《长相思 · 其二》（相思）

　　李白的《长相思》一共留下三首，清蘅塘退士所编《唐诗三百首》选了两首。一首写春天，一首写秋天。写春天的，是从女子的角度立论，作为其二；写秋天的，是从男子的角度立论，作为其一。其实，这两首诗并非同一时间写成，内容之间也没有必然的逻辑联系，理应"排名不分先后"。既然一春一秋、一女一男，我们何妨按照时令的顺序，把春日之思放在前面，先关注一下这位千载之前为情所困的女子呢？

长相思·其二
李白

日色欲尽花含烟，月明如素愁不眠。

赵瑟初停凤凰柱，蜀琴欲奏鸳鸯弦。

此曲有意无人传，愿随春风寄燕然。

忆君迢迢隔青天。

昔时横波目，今作流泪泉。

不信妾肠断，归来看取明镜前。

素：洁白的绢。

横波：指眼波流盼生辉的样子。

《长相思》是乐府旧题，出自汉乐府《古诗十九首》中的第十七首《孟冬寒气至》："客从远方来，遗我一书札。上言长相思，下言久离别。"这首诗写得感人至深，之后六朝的诗人们就把《长相思》当成一个题目，反复吟咏，内容大体是写思妇之悲。李白好古，用了很多乐府旧题，但是写得漂亮，新意迭出。

先看前两句："日色欲尽花含烟，月明如素愁不眠。"天色将晚，薄暮冥冥，花丛在暮色中朦朦胧胧，仿佛笼罩着淡淡的烟雾。如烟如雾的场景，让我们的心情也随之迷蒙起来，这就是开篇造境，给整个诗篇笼罩上一层哀愁的基调。第二句："月明如素愁不眠。"月亮升起来了，明如镜，白如绢，照着一个满怀愁绪的人。她辗转反侧，难以成眠。

不知大家注意了没有，时间和场景已经转换过一次了。这个人出场的时候，还是黄昏，正是通过她的眼睛，我们看到了"日色欲尽花含烟"。那时候，她还在庭院里徘徊，再出场时，已经是月华如练了。什么意思呢？这个人本来是一腔愁闷，才从屋子里走到庭院来散心的吧？可是，看花并不能排遣她的忧愁寂寞，她索性又回到屋里高卧。人一睡着了，也就无知无识，烦恼全消了。问题是，说"明月不谙离恨苦，斜光到晓穿朱户"也罢，还是说"春色恼人眠不得，月移花影上阑杆"也罢，总之，忧愁的时候，想睡着没那么容易。可是越睡不着就越觉得月光太亮了。月亮也罢，花也罢，本来是无情之物，该怎样就怎样。但是，在这个忧愁的人心里，花为何含烟，月为何如素？仿佛与她作对一样，这就是变无情为有情了。其实，不是花月有情，恰恰是人太多情了，所以，才给无情的花朵和月亮注入了感情色彩。月光光，人不寐，接下来怎么办呢？

看下两句："赵瑟初停凤凰柱，蜀琴欲奏鸳鸯弦。"这真是工整的对仗。"赵瑟"对"蜀琴"，"凤凰柱"对"鸳鸯弦"，"初停"对"欲奏"。对仗好，句式也巧。这是一个倒装句式，把它正过来理解，就是赵瑟凤凰柱初停，蜀琴鸳鸯弦欲奏，或者是初停赵瑟凤凰柱，欲奏蜀琴鸳鸯弦。那为什么要倒装啊？首先是音韵的需要，要用鸳鸯弦的"弦"跟愁不眠的"眠"押韵。另外，把一个动词放在两个名词中间，显得起伏跳跃。这也是古代诗歌常用的手法。

这个忧愁的人，既然难以成眠，索性就起身拨弄乐器了。她刚刚用赵瑟弹完一首曲子，又立即拿起了蜀琴，还想再弹一曲。那为什么是"赵瑟"和"蜀琴"呀？首先，在春秋战国时代，赵国人就以擅长鼓瑟著称，《史记·廉颇蔺相如列传》里不是记载了渑池会上，秦王让赵王鼓瑟一事吗？所以，"赵瑟"本来就是瑟的代名词，"蜀琴"也是一样。蜀地出产的桐木适合做琴，所以"蜀琴"也可以作为琴的代名词。但仅仅理解到这里还不够，更重要的是，古代赵国盛产美女，从春秋战国一直到秦汉，好多国君的夫人都是赵国人，史称"赵女遍诸侯"，所以，这里写"赵瑟"，又是在暗示瑟的主人是一个美女。那"蜀琴"呢？要知道，西汉司马相如琴挑卓文君，是中国古代流传最广的爱情故事，所以，蜀琴又代表着儿女之情。了解了美女多情这个主题，"凤凰柱"和"鸳鸯弦"就好理解了。凤凰也罢，鸳鸯也罢，不仅仅是乐器上面装饰的图案，更重要的是，鸳鸯一定要双宿双飞，凤凰也必定雌雄相伴，司马相如当年给卓文君弹奏的不就是《凤求凰》吗？而琴瑟和鸣，在中国古代更是夫妇好合的代称。所以这两句一出来，我们就明确了：这个忧愁的人，应该是少妇吧。她期盼琴瑟和鸣，鸳鸯双栖，可是事实呢？却是春日迟迟，独守空闺。所以她才鼓瑟弹琴，夜不能寐呀。那她的丈夫在哪里呢？

看下两句："此曲有意无人传，愿随春风寄燕然。"燕然是边塞的代称。当年窦宪大破匈奴，燕然勒石，从此，"燕然未勒归无计"，就成为一代代戍边人必须面对的残酷现实。这个少妇的丈夫戍边去了，少妇把一腔心意都寄托在乐曲里。可是，怎么才能传到丈夫的耳朵里呢？这时，少妇突发奇想，我就托浩荡的春风把一腔心曲寄给远在边塞的你吧！这就是李白呀。李白心里，永远鼓动着春风，他不仅会说"此曲有意无人传，愿随春风寄燕然"，还会说"狂风吹我心，西挂咸阳树"，还会说"我寄愁心与明月，随风直到夜郎西"……无拘无束的春风背后，正是李白那颗自由奔放的心。那么，这个少妇，真的相信春风能够寄去相思吗？

看下一句："忆君迢迢隔青天。"这是整首诗里非常独特的一句。其他诗句，都是两两相对，只有这一句，是一个独立句式。起什么作用呢？加重语气。"忆君迢迢隔青天"，我和你天各一方，我们之间相隔的，是那高不可及、遥不可及的苍茫青天！本来是写缠绵的相思，但是，这一声叹息是多么雄壮啊，这就是李白的口气了。

既然是"忆君迢迢隔青天"，那么，相思自然难以寄到，忧愁终究难以排解。少妇会怎样呢？本首诗里最令人难忘的一句出来了："昔时横波目，今作流泪泉。"用横波来形容女子清澈而流动的眼神，这不是李白的创造。但是，说昔时横波流转的美目，已经变为两道汩汩流淌的泉水，却是非李白不能道。泉水汩汩流淌，永不停歇，少妇相思的泪水也是汩汩流淌，永不停歇。多么夸张、多么感人。然而，又是多么美好呀。其实，这和"衣带渐宽终不悔，为伊消得人憔悴"的意思大体相当吧，但是，李白说出来的话，就是那么灵动神飞。

最后一句："不信妾肠断，归来看取明镜前。"前面是讲少妇的所见所为、所思所想，她日思夜想的丈夫其实是躲在背后的。但是，最后一句，少妇是面对着远方的丈夫直抒胸臆了：如果你不信我为你而肝肠寸断，那你就回来，看看镜子里的我已经多么憔悴了吧。这句话真好。好在这个少妇又回到了少妇本色，她忧愁，她叹息，她流泪，但是，她仍然是一个青春少妇，有一颗年轻的，甚至是娇俏的心。她相信丈夫会回来，等他回来了，就拉着他到镜子前面，让他看看自己因相思而憔悴的脸。那时候，镜子里一定会映出两个人的脸吧，所有的忧愁苦闷就会一扫而光！想到这里，少妇流着泪的脸上，应该绽放出一点儿笑容吧。

说到"不信"，很多人会想起女皇武则天那句"不信比来长下泪，开箱验取石榴裙"。那是要打开箱子看物，而李白这一句，则是要对着镜子看人。依偎在镜子里的两张笑脸，难道不比泪痕斑斑的石榴裙更好看吗？所以说，这首诗的情感是真诚的、炽烈的，但是不沉重。这就是青春，是李白，也是我们永远魂牵梦绕的大唐。

李白《长相思·其一》（相思）

　　女性对男性的相思，是以眼泪表达的。"昔时横波目，今作流泪泉"，女人真是水做的，情感也像水一样细腻绵长。那么，男性的相思又是什么样子呢？

长相思 · 其一
李白

长相思，在长安。

络纬秋啼金井阑，微霜凄凄簟色寒。

孤灯不明思欲绝，卷帷望月空长叹。

美人如花隔云端。

上有青冥之长天，下有渌水之波澜。

天长地远魂飞苦，梦魂不到关山难。

长相思，摧心肝。

络纬：一种鸣虫，又名莎鸡，俗称纺织娘。
金井阑：精美的井阑。
簟色寒：指竹席的凉意。簟，凉席。
帷：窗帘。
青冥：青云。
渌水：清水。
关山难：关山难越。

《长相思》是个乐府旧题，旧题要写出新意来。怎么写呢？《长相思·其二》一开头是"日色欲尽花含烟，月明如素愁不眠"。这是开篇造景，先渲染气氛。这一首不一样，一上来就是"长相思，在长安"。开篇点题，直抒胸臆。但是，这两句诗也很耐人寻味。什么叫"长相思，在长安"？是我在长安相思，还是说我思念的人在长安？单看这两句，并不明确。

那接着看下两句吧："络纬秋啼金井阑，微霜凄凄簟色寒。"络纬又叫纺织娘，是一种鸣虫。虽说名字叫纺织娘，但恰恰是雄性才会发出声音。什么声音呢？开始是"吱呀吱呀"的前奏，然后才是"吱吱"的主旋律。这声音特别像织女纺纱，所以叫络纬，又叫纺织娘。中国古代有听虫鸣知时令的传统，比如《诗经·七月》，不是讲"七月在野，八月在宇，九月在户，十月蟋蟀入我床下"吗？"络纬秋啼金井阑"大概相当于蟋蟀的"八月在宇"吧。但是，"八月在宇"多么质朴啊，而"络纬秋啼金井阑"不一样，一个"金"字，整句诗立马就华丽起来了。这一方面是表现了相思者高贵的身份，另一方面也是李白文字的特点。李白写什么都是漂亮的，按照古人的说法，就是没有穷酸语。哪怕是贫寒的农家老妪给他一碗饭吃，也是"跪进雕胡饭，月光明素盘"；征夫的妻子做寒衣，也是"素

七月在野，八月在宇，九月在户，十月蟋蟀入我床下。

手抽针冷，那堪把剪刀"。写"络纬秋啼"也是一样，秋日虫鸣，本来让人感慨时光流逝，情调是比较悲凉的，但是"金井阑"一出来，颜色一下就亮了，气象也一下就高华起来了。再看"微霜凄凄簟色寒"，簟就是竹席，本来是夏天铺的，图个凉快，一般初秋的时候乍凉还热，也还用得上。比如李清照写过的"红藕香残玉簟秋"。但是，再往后，到了微霜凄凄的时候，再铺竹席就显得凉了。所以，"络纬秋啼金井阑，微霜凄凄簟色寒"，一句是从听觉写秋天，一句是从触觉写秋天。秋天的天气是凉的，又因为思念的人不在身边，诗人的心也是凉的。从意思上来讲，这两句比较像纳兰性德的"西风鸣络纬，不许愁人睡"，但是，词直白而诗蕴藉。词里的不寐是说出来的，而诗里的不寐则是体会出来的。

听着虫鸣，感受着秋天的寒意，孤独的人难以成眠，那会怎么样呢？看下两句："孤灯不明思欲绝，卷帷望月空长叹。"既然无法入睡，就起来把灯点亮吧。可是古代的灯也罢，烛也罢，哪有今天的亮度！所谓"昏灯闷景"，古代的夜本来就比今天更让人觉得凄凉。除非是"共剪西窗烛"，靠人的温度来弥补夜的凄凉。但是诗人身边没有人，一盏孤灯照着一个孤零零的人，在这样的情境之下，相思不仅无法排遣，反而会大大加深。深得无法承受，这就是"孤灯不明思欲绝"。那怎么办呢？屋子里的气氛太压抑了，索性把帷幕打开，看看外面吧。外面一轮明月，清辉万里，仿佛触手可得，但又遥不可及。这种可望而不可即的感觉，恰似诗人心中苦苦思念的伊人吧。所以，诗人"卷帷望月空长叹"了。叹息什么呢？

下一句："美人如花隔云端。"这和《长相思·其二》的"忆君迢迢隔青天"一样，横空出世，让人印象深刻。也就是凭这一句可以知道，这是一首表现男性思念女性的诗，因为诗人说了，"美人如花隔云端"。美人如花，令人倾慕，但是，美人又如月，远隔云端。可这美人是谁？真的只是一个如花似玉的美女吗，还是诗人运用了《离骚》香草美人的方式，拿美人比君王呢？诗人日思夜想的到底是亲近美人，还是为明主效力？所谓"诗无达诂"，这里并没有确切的解释。但是，诗的开头就讲"长相思，在长安"，长安是唐代都城，是君王所在，所以，长安一向就有君王的潜在意象。考虑到这首诗的写作年代恰恰是李白被赐金还山，离开长安之后，若是把美人理解为君主，也不是不可能。如果这样理解，那么，"长相思，在长安"，就不是我在长安相思，而是我思念的人在长安了。

但是，中国的古诗也罢，古文也罢，美就美在蕴藉。所谓"蕴藉"，就是含蓄婉转，意象丰富。像这首诗，背后可能有诗人深厚的政治情怀，但是，它并不形于色，只是按照字面的意思，把它理解成男子对美人的思慕，仍然非常自然、非常贴切。

美人如花，虽然遥不可及，但诗人仍在苦苦追求。怎么追求？下两句："上有青冥之长天，下有渌水之波澜。"注意，这种"上有什么，下有什么"的句式，是李白常用的表达方法。比如《蜀道难》，不就讲"上有六龙回日之高标，下有冲波逆折之回川"吗？但是，《蜀道难》中的上有下有，只是在讲景物，突出蜀道的险峻。而这里的"上有青冥之长天，下有渌水之波澜"，不只讲悠远的青天，也不只讲汹涌的波澜，它还在讲诗人上天入地的苦苦追求，这就是李白版本的"路曼曼其修远兮，吾将上下而求索"。只不过，屈原的上下求索是哲学家式的，而李白的上下求索是诗人式的。为什么这么说？青冥本来就是长天吧，似乎不必写"青冥之长天"，渌水自然有波澜，似乎也不必写"渌水之波澜"。但是，若是只讲上有长天，下有波澜，或者上有青冥，下有渌水，就会显得死板呆滞。而两个"之"字一用，两个句子一刹那就灵动起来了，像是在曼声吟唱，有着特别的韵律美。李白最擅长这样的句式了，比如"弃我去者，昨日之日不可留，乱我心者，今日之日多烦忧"，都是这样音韵曼妙的神来之笔。这就是诗人。

诗人上天入地，这是纵向的空间。仅仅是纵向的空间求索还不够，还有横向的空间。看下两句："天长地远魂飞苦，梦魂不到关山难。"按照意思来说，这两句应该是天长地远关山难，梦魂不到魂飞苦吧。两个人之间隔着重重关山，天长地远，不仅现实中人走不到，甚至连梦中都走不到，这是何等无奈、何等悲苦啊！但是，诗人不这样平铺直叙，而是把两个句子拆分组合，变成了"天长地远魂飞苦，梦魂不到关山难"。这不仅仅是为了押韵，还通过这种连绵不断的声音，让人感觉到有一个人的灵魂，在长路奔跑，在关山飞度，这是何等奇幻，又是何等动人啊。

但追求的前提仍然是"美人如花隔云端"。这个美人也罢，这个君主也罢，这个理想也罢，是那么缥缈难求，就算上天入地，就算关山迢递，也终究不会有什么结果。所以，最后一句，诗人发出一声浩叹："长相思，摧心肝！"这是"孤灯不明思欲绝"的加强版了。这个加强版，连用两个三字短句，短促有力，回肠荡气。虽然沉痛，但绝不萎靡，这才是李白格调，大唐雄风。

再说说这首诗的整体结构吧。这一首《长相思·其一》跟《长相思·其二》不一样，它的结构特别严整，它是用"美人如花隔云端"一个独句，把诗分成非常均衡、前后对应的两部分，平衡而不板滞，就像蝴蝶的两只翅膀一样，两两相对，翩翩飞舞，回环反复，美不胜收。

友 情

爱情是红色的，友情是黄色的。是"报君黄金台上意，提携玉龙为君死"的相知，是"故人西辞黄鹤楼，烟花三月下扬州"的挥别，是"高楼望断，灯火已黄昏"的思念，是"夜雨剪春韭，新炊间黄粱"的重逢。黄色是让人看了就觉得温暖的颜色，就像友情一样，不必时时刻刻在眼前，却又点点滴滴在心头。

王勃《送杜少府之任蜀州》（别友）

　　送别诗是唐诗中的一大类。如今交通便利，音信畅通，人们的气质也雄壮起来，讲到友情，讲到离别，很少再有"春草碧色，春水渌波。送君南浦，伤如之何！"那样缠绵悲戚的调子，一句"海内存知己，天涯若比邻"似乎代表了所有人的心声，甚至成了流行语。但是，这句诗刚刚出来的时候，却是那么新鲜，新鲜地透露出大唐的时代气息，也透露出"初唐四杰"的青春魅力。

送杜少府之任蜀州
王勃

城阙辅三秦，风烟望五津。

与君离别意，同是宦游人。

海内存知己，天涯若比邻。

无为在歧路，儿女共沾巾。

《送杜少府之任蜀州》：一作《杜少府之任蜀州》，又作《送杜少府之任蜀川》。

城阙：即城楼，指唐朝都城长安。

君：对人的尊称。

宦游：出外做官。

海内：四海之内。古代人认为陆地四周环海，所以称天下为四海之内。

无为：无须，不必。

沾巾：泪水沾湿衣服和腰带，意指挥泪告别。

本来，诗有时代性，反映特定时代的审美情趣。比如宫体诗，在六朝是主流，后来看，就是靡靡之音；再比如陶渊明的诗，在钟嵘的《诗品》里才列为中品，到唐朝以后就成了神品。但是，也有些诗具有跨时代的超越性，从古到今人们都说好，比如王勃这首《送杜少府之任蜀州》。这首诗好在哪里？一言以蔽之，雄壮。

首联就很雄壮："城阙辅三秦，风烟望五津。"这是地名对仗。两个地名，一个"三秦"，一个"五津"，一开始就点出了送别的地点和远行的方向。诗人是在长安城送别朋友。长安城是什么样子的呢？诗人说了"城阙辅三秦"，长安城雄伟的城墙、高高的城楼，由辽阔的关中平原所环抱。那关中为什么又叫三秦？因为关中本来就是秦国的地盘，所以山称秦岭，原叫秦川。后来秦国变成秦朝，关中仍然属于秦地。再后来，秦末大乱，项羽入关，把关中地区包括陕北一分为三，分给了秦朝的三个投降将领。从此之后，关中又称三秦之地。首句"城阙辅三秦"，五个字就把帝都描摹得雄浑大气，这是送别的地点。

第二句："风烟望五津。"被送行的人要到哪里去呢？这首诗的题目不是《送杜少府之任蜀州》吗，这个"杜少府"，也就是杜县尉，是要去蜀州做官的。蜀州在今天的四川崇州市，那蜀州为什么称为五津？其实所谓五津，并不是哪个城市的代称，而是岷江的五大渡口——白华津、万里津、江首津、涉头津、江南津，这是古人由秦入蜀的必经之路，所以诗人用五津来泛指蜀地。从长安遥望蜀川，只见一片风烟，风烟隔断了视线，但是，也正是这风烟，把相隔千里的两地连在了一起。一句"风烟望五津"跟"城阙辅三秦"严整对仗，不仅仅点出了杜少府远行的目的地，而且，把诗人心中如烟如雾的迷茫，和翘首相望的心情也都点了出来。这心情自然是难舍的，但是，它不是折杨柳，不是看孤舟，更不是执手相看泪眼。它是秦和蜀的对望，它起得浑厚壮阔，气象万千。

首联这么工整、这么壮阔，颔联怎么衔接呢？颔联若是再对仗，就不免显得死板。所以干脆不对仗了，以散句承接。"与君离别意，同是宦游人。"这是由实入虚，讲心情了。我跟你离别的情绪啊，因为实在一言难尽，所以干脆不说了，改口说"同是宦游人"。"宦游"是唐诗的一个重要主题，因为做官，诗人们从故乡来到他乡，又从一个他乡辗转到另一个他乡。"同是宦游人"，意味着我们早尝惯了背井离乡之苦，也早认了飘蓬随风的宿命。既然客中作别，同病相怜，"与君离别意"之后还有什么可说的呢？一句"同是宦游人"，一切尽在不言之中。

又是告别，又是一切尽在不言中，那接下来怎么办呢？接下来的颈联，真正的警句出现了："海内存知己，天涯若比邻。"就算分别是我们的宿命，分别真的就如此可怕，非要悲悲戚戚吗？非也。海内也罢，天涯也罢，虽然都是极远的空间距离，但是，再大的空间，也大不过人的心灵。只要两个人心灵相通，那么，即使远在天边，也如同近邻一般。庄子说过"君子之交淡若水，小人之交甘若醴"。真正的朋友，在乎的不是每日的厮守，而是心灵的共鸣。咱们既然是知己，那么，还怕什么天遥路远，万里间关呢？这句话真是豁达大度，掷地有声。它一出来，诗的境界一下子就开阔了，情调也从黯然转向雄壮。

这句诗是有来历的。当年，陈思王曹植写《赠白马王彪》："丈夫志四海，万里犹比邻；恩爱苟不亏，在远分日亲。何必同衾帱，然后展殷勤。"这就是建安风骨，慷慨悲歌。唐朝初年，国家日益强盛，文学上也开始自觉摆脱六朝余韵，向汉魏风骨回归。"海内存知己，天涯若比邻"，其实就是向"丈夫志四海，万里犹比邻"的致敬之作，这叫"有来历"。但是，这两句诗是对曹植那六句诗的高度概括，这不是抄袭，而是推陈出新。其实，王勃本来就擅长师于古，而胜于古。比如《滕王阁序》的名句："落霞与孤鹜齐飞，秋水共长天一色。"这句诗也有来历。来自哪里呢？来自庾信的《三月三日华林园马射赋》："落花与芝盖同飞，杨柳与春旗一色。"可是因为翻得太漂亮，现在人们都知道"落霞孤鹜""秋水长天"，很少有人提起"落花芝盖""杨柳春旗"了，这就叫"青出于蓝而胜于蓝"。"海内存知己，天涯若比邻"也是如此。虽然还有"丈夫志四海，万里犹比邻"，或者"相知无远近，万里尚为邻"等相似的诗句，但是，那些诗句的传唱度都不及对仗工整而境界阔达的"海内存知己，天涯若比邻"。如今，这句诗已经成为壮别的代名词，根植于中国人的心灵之中了。

颈联金句已出，尾联怎么收呢？"无为在歧路，儿女共沾巾。"所谓"歧路"，就是岔路，古人送行，常常在大路分岔处分手，所以歧路就意味着分手，人们也因此把临别称为"临歧"。在这里，诗人是说，既然天涯若比邻，那我们就不要学小儿女，在分手的岔路口哭哭啼啼了吧。这是做什么？是在劝慰朋友，也是在宽解自己。这么一宽解，寻常的人情味一下子出来了，诗也从之前那种极高的境界舒缓下来，舒缓到了温柔的情感世界里。这是什么？这是收放自如啊。写诗固然立意要高，但是，也不能一味说硬话，唱高调，让人觉得高不可攀。阳刚的基调里，有这么温柔的一句收尾，才让人觉得刚柔并济，委婉动人。

当年，南朝才子江淹写《别赋》，开篇就是"黯然销魂者，唯别而已矣！"道尽了离别的苦涩。但是，这首《送杜少府之任蜀州》却写得洒脱浑厚，独树一帜。为什么王勃能写出这样的作品来？两个原因，一是因为年轻，二是因为在初唐。要知道，王勃是少年天才，六岁能写文章，十六岁科举及第。后来虽然不小心卷入王子们之间的内斗，仕途受挫，但是，内心终究是雄壮的。他写《滕王阁序》，很高调地说"老当益壮，宁移白首之心；穷且益坚，不坠青云之志"，这就是青春的豪情。少年才子，又赶上初唐这样一个上升的时代，人生的青春和时代的青春相互呼应，才会有这样浑厚的气象、这样雄壮的诗篇。反观诗鬼李贺，也是少年天才，但身处中晚唐的衰败时期，心情不免晦暗颓唐，再写送别，也就成了"衰兰送客咸阳道，天若有情天亦老"。这样的诗句并非不美，但是，终究太颓丧，不是盛唐之音了！

李白《送孟浩然之广陵》（别友）

如果说《送杜少府之任蜀州》好在雄壮，是壮别，那么《送孟浩然之广陵》则好在风流，是俊别。怎么个风流法？这是一个风流的人因为另一个风流的人要到一个风流的地方去而写的一首最风流的诗。

送孟浩然之广陵
李白

故人西辞黄鹤楼，烟花三月下扬州。

孤帆远影碧空尽，唯见长江天际流。

西辞：从西方离开。黄鹤楼在广陵西方。
烟花：形容柳絮如烟、繁花似锦的春天景象。
下：顺流向下而行。
碧空尽：消失在碧蓝的天际。
天际流：流向天边。

　　李白是一个愿意交大朋友的人。他最喜欢的两个人，一个是贺知章，比他大四十二岁；另一个是孟浩然，比他大十二岁。当然，李白和杜甫也是朋友，但是，杜甫向李白抒情多，而李白给杜甫的回应少。后来的人，特别是钟爱杜甫的人愤愤不平，为此打了一千多年的笔墨官司。其实，少年的心，总是在向上仰望吧，倾慕一位高明的前辈，就像仰望星空一样自然。那么，能让诗仙李白倾慕的人，到底有什么特质呢？归根结底就两个字：风流。他写给贺知章的诗怎么说？"四明有狂客，风流贺季真。"他写给孟浩然的诗怎么说？"吾爱孟夫子，风流天下闻。"本来，贺知章是三品秘书监，告老还乡的时候，可谓富贵寿考。而孟浩然呢？虽然也曾得见天颜，却又因为一句"不才明主弃，多病故人疏"惹恼了唐玄宗，落得白衣终身。这两个人的差距不可谓不大，但是，这些世俗的差距对李白来说没有意义，李白倾慕他们，只是因为他们风流。什么叫风流？风流其实是一个复杂的词，表现在仪态，就是飘逸潇洒；表现在人品，就是超逸不凡。当然，这二者还必须结合到一起，才是一代风流。

　　孟浩然为什么当得起风流这个称号？先说仪表，孟浩然和王维是好朋友，王维又擅长画画，所以曾经给孟浩然画像。画中的孟浩然是什么样子呢？当年看过的人说："襄阳之状顾而长，峭而瘦，衣白袍，靴帽重戴，乘款段马。"真是一副天生诗人的样子！又高又瘦，白衣飘飘，头巾上还要加一顶帽子，再骑一匹驽马缓缓而行，真是既飘飘欲仙，又落落寡合，这就是风流。那人品呢？人们往往只知道孟浩然是山水田园诗人，写过"春眠不觉晓"，性格恬淡，语言清丽，却不知道，孟浩然的性格还有另一面——狂。当年，孟浩然也不是不想做官，有一个采访使叫韩朝宗，很赏识他，想带他到长安去，把他推荐给唐玄宗。两个人约好了一起出发，结果孟浩然忽然来了朋友，酒逢知己千杯少，一杯一杯复一杯。旁边人着急，提醒孟浩然，韩朝宗等着你呢。结果孟浩然说，没见我正喝得高兴吗？管他什么韩朝宗！就这么错过了推荐的机会。韩朝宗是谁？就是李白《与韩荆州书》中的韩荆州啊。狂傲如李白，想要借助韩朝宗的举荐，也得写"生不用封万户侯，但愿一识韩荆州"。可是恬淡的孟浩然呢，其实有一颗比李白还洒脱不羁的心。这样的非同凡响，就是人品的风流。孟浩然是这样的风流人物，那李白呢？李白从小落拓不羁，二十四岁仗剑去国，辞亲远游，一出四川，就散金三十万。这样的人，真败家，也真风流。这样的李白，怎么可能不喜欢这样的孟浩然呢？所以，李白漫游到湖北，听说孟浩然在襄阳隐居，立即就去拜访，结为好友。

开元十八年（730），风流人物孟浩然静极思动，要离开家乡，出去走走。到什么地方呢？广陵。广陵是扬州的古称，隋朝修大运河，扬州成了陪都，八方辐辏，十里弦歌，所谓"腰缠十万贯，骑鹤上扬州"，扬州城的富贵风流早已名声在外。孟浩然这么一位风流人物，要到广陵这么风流的地方去，李白听说之后，真是心驰神往，马上提出来，要给孟浩然送行。怎么送呢？李白和一般人不一样，他既不是到孟浩然家去温言话别，也不是到离亭去依依折柳，而是把孟浩然约到了黄鹤楼上。为什么是黄鹤楼呢？要知道，当时孟浩然住襄阳，走水路到扬州，黄鹤楼是必经之地；而李白住安陆，离黄鹤楼也不算太远。顺路，这是第一点。第二点，黄鹤楼是天下名楼，把酒临风，览胜话别，这才够风雅呀。这么多因素凑在一起，才有了这首《送孟浩然之广陵》。

这首诗怎么写呢？看李白的。

第一句"故人西辞黄鹤楼"。老朋友向西挥挥手，告别了黄鹤楼。有人说，这是讲告别的地点和两个人的关系。哪有这么简单！黄鹤楼这个名字，本身就来源于仙人骑鹤凌空的传说。所以，一句"故人西辞黄鹤楼"，立马一种飘飘欲仙的感觉就出来了。风流的孟夫子东下，就仿佛神仙东游，然后呢，在黄鹤楼回了一下头，这是一种多美好的联想啊。

第二句"烟花三月下扬州"。又有人说，这就是在讲告别的时间和旅行的目的地。哪有那么平庸！这句话真是流光溢彩，满口生香。什么是烟花三月？当年，南朝丘迟写《与陈伯之书》说，"暮春三月，江南草长，杂花生树，群莺乱飞"。三月最是花团锦簇的季节了，那不是一朵一朵的花，也不是一支一支的花，那是从武汉到扬州，一路看不尽的柳如烟、花似锦，这才是烟花三月。那下扬州呢？春光是烟花千里，扬州就是软红十丈啊，把烟花三月和下扬州连到一起，就好像阳春烟景配着绣户珠帘，楼前白马配着楼上红妆，种种自然的美好和人生的美好叠加在一起，让人产生了一种特别的梦幻感。这句诗一出来，任谁都能感觉到，李白对孟浩然这次旅行，真是充满了羡慕，他的眼、他的心，都跟着孟浩然在飞翔。所以，这不是"西出阳关无故人"，不是"天涯一望断人肠"，这是风流才子少年别，不知道惨惨戚戚，只知道烟花三月，而后人呢，也真是爱极了这脱口而出的烟花三月，所以蘅塘退士所编《唐诗三百首》中说，这一句是"千古丽句"。可以说，古往今来，再也没有比这更漂亮的城市宣传语了。

故人西辞黄鹤楼，烟花三月下扬州。

第三句"孤帆远影碧空尽"。本来，这次离别因为在阳春三月，又因为是下扬州，所以并不伤感，但是，离别毕竟是离别，就算少年，也有不舍。孟浩然的小船越走越远，越来越模糊了，最终消失在水天相接的地方，仿佛融进了茫茫碧空之中。这看起来纯是写景吧，但是，这景色不是凭空出现的，而是透过李白的眼睛看到的啊。可以想象，李白就那么一直伫立在江边，船行了多久，他的眼睛就跟了多久，这才看到"孤帆远影碧空尽"。小船行远了，故人走远了，然后呢？

然后第四句自然而然就出来了"唯见长江天际流"。小船融入碧空，诗人眼前只剩下一江春水，正浩浩荡荡地向着无尽的远方奔流。这是单纯的景色吗？当然不是。和江水一样起伏的，正是诗人的心潮；和江水一样奔腾不息的，正是诗人的情思啊。这是什么？这是"一切景语皆情语"。好的诗里没有单纯的景色，所有景色背后都是人的心灵。"孤帆远影碧空尽，唯见长江天际流。"把这两句连起来，再回味一下：浩浩长天，滔滔江水，诗人的心有多大，情有多长啊。这就是李白，气盛而情深，这才配得上风流的孟夫子、风流的扬州城、风流的开元盛世。

"唯见长江天际流"是不是有点像李煜的"问君能有几多愁，

恰似一江春水向东流"？像是像的，但是，区别也非常明显。第一个区别当然是情绪不同，李煜那是亡国之痛，无尽哀愁；而李白是心驰神往，情思万里。另外，诗和词写法也不同。李白的"唯见长江天际流"，只写到景色为止，人是在背后的；而李煜"问君能有几多愁，恰似一江春水向东流"，人直接走上了前台，景色仅仅成了比拟的对象。所以说，诗是蕴藉的，词反倒是直白的，道理就在这里。

　　一句一句说完了，再通篇想想吧，整首诗多亮呀。从颜色上讲，黄鹤，烟花，白帆，碧空，何等明媚！从场面上讲，烟花三月，登楼远望，天际孤舟，大江东去，何等阔大！从声音上讲，黄鹤楼的"楼"，下扬州的"州"，天际流的"流"，这三个韵脚又是何等悠扬啊。这么美的诗，这么美的感情，却又写得自自然然，仿佛随口说出，这才是天才的李白。李白的告别是深情的，但也是浪漫和诗意的，不苦不悲，风流倜傥，一往情深，这就是俊别。

王维《送元二使安西》（别友）

如今，说到中国古代的文明进步，总要考虑社会流动性这一指标。不流动的社会是古井，流动的社会则是清泉。流动自然是好的，但流动也意味着不停地告别：告别家乡，告别亲人，告别朋友。告别成了唐诗的重要主题，诞生了那么多流传千古的诗篇。《送杜少府之任蜀州》是壮别，以豁达扬名；《送孟浩然之广陵》是俊别，以风流取胜；而《送元二使安西》则是畅别，深情款款，却又清新直白。

送元二使安西

王维

渭城朝雨浥轻尘，客舍青青柳色新。

劝君更尽一杯酒，西出阳关无故人。

《送元二使安西》：一作《渭城曲》，又作《阳关三叠》。

浥：湿润。

客舍：旅舍。

柳色：指初春嫩柳的颜色。

更：再。

渭城朝雨浥轻尘，客舍青青柳色新。劝君更尽一杯酒，西出阳关无故人。

劝君更尽一杯酒，西出阳关无故人。

　　这首送别诗，在中国历史上流传最广。可能有人会说，这个"最"字，用得太绝对了吧？一点也不绝对。因为其他的送别诗，主体上都是以诗的形式存在，属于阳春白雪。而这首诗写成之后，很快就谱了曲，成为当时《伊州大曲》的第三段，编入乐府，成了离别宴会的标配，不仅在诗人之中传颂，也在歌儿舞女口中传唱，从唐朝一直唱到了宋朝。宋朝之后，原来的曲子丢了，但是，明朝人又对这首诗进行再创作，重新编词谱曲，成为一首琴歌，现在作为十大古琴曲之一的《阳关三叠》就是根据明朝的琴歌改编而来，所以，这首诗的别名又叫《渭城曲》和《阳关三叠》。这样说来，这首诗传播的形式，不仅有诗，还有曲、有歌，它不仅属于阳春白雪，也属于下里巴人，当然可以说是流传最广的送别诗。那么，这首诗为什么会有这么高的传颂度呢？

　　先看题目。这首诗题为《送元二使安西》。元二，当然是姓元，排行第二的人；安西，则是指安西都护府，是唐朝管理西域的一个机构。王维写这首诗是在唐玄宗天宝年间，当时，治所在龟兹，也就是今天的新疆库车，而安西都护府的管辖范围是天山以南直至葱岭以西，也就是说，跨越了今天的帕米尔高原，一直到中亚的阿姆河流域。唐朝在这里设立安西四镇，驻兵防守，实施有效管辖。既然是有效管辖，当然就会与朝廷存在着方方面面的联系。这位元二就是受朝廷委派，到安西都护府执行公务的官员。王维当时在朝廷做五品给事中，和元二应该是同僚兼朋友的关系，所以才有了这首《送元二使安西》。

这个题目一出来，盛唐气象也就出来了。为什么？

首先，唐朝人走得真远。古代交通何等不便，一般人生活不离本乡本县，可是唐朝疆域大呀，所以元二才能有这样的宦游经历，从今天的陕西西安一直走到新疆库车，走了三千多千米。想想看，这是何等雄壮的旅行！其次，唐朝的民族融合真好。元二很可能是胡人的后裔。要知道，元姓一个很重要的来源，是鲜卑拓跋氏，那是北魏的皇室，北魏迁都洛阳，皇室成员不是统一改姓元了吗？这些出自鲜卑的元姓人士在唐朝政治舞台上相当活跃，所以我猜测，元二有胡人血统。一位有着胡人血统的官员，和出身汉人大族太原王氏的王维结为好友，这是何等动人的故事啊。这样广阔的空间、这样开放的心境，这真是一个属于大唐盛世的题目。

盛世的题目，就得有盛世的风骨。先看前两句："渭城朝雨浥轻尘，客舍青青柳色新。"这是在讲送别的地点、时间和环境。渭城其实就是秦朝都城咸阳所在地，汉朝改为渭城，在长安的西边。

唐朝人从长安往西走，第一站就到渭城。元二去安西都护府，自然要经过渭城，但是王维呢？王维却是特意送出长安，送到渭城的。这一送，送出了六十里，在古代，这是整整一天的路程，这就是情分了。因为是头一天开始送行，一直送到渭城的驿站，两个人在驿站留宿了一夜，第二天清晨再正式告别，所以才会有"渭城朝雨浥轻尘，客舍青青柳色新"。这两句诗，是实情实景。那到底是怎样的景色呢？

这一天的清晨，下了一场雨。雨不大，只刚刚湿了地皮。可是，就因为这场小雨，一切都不一样了。怎么不一样了呢？先看天和地。一场雨后，天应该是半阴半晴的吧？蓝天露出来了，可是，还会有灰的云、白的云流过。那地面呢？要知道，渭城的驿站正当西出长安的大道上，平时车马如流，自然尘土飞扬。可是这一场小雨落下，浮土飞不起来了，地面是微微潮湿的褐色，空气也好像洗过一样，特别透亮。这是一个多明媚的大环境啊。再看看诗人和朋友身处的驿站。春雨洗过，驿站客舍的颜色加深了一点儿，周围垂柳的枝条也洗去了浮尘，露出青翠的本色，显得焕然一新。这就是"渭城朝雨浥轻尘，客舍青青柳色新"。不妨闭上眼睛想象一下，清朗的天空，洁净的道路，青青的客舍，碧绿的柳丝，是不是一幅色调特别清新的风景画？甚至能闻到空气中泥土和青草的气息。这就是王维的本事呀，王维本来就是画家，苏东坡说他"诗中有画"，这两句诗就是明证。

　　问题是，这两句诗仅仅是在讲风景吗？当然不是。"一切景语皆情语"，好的诗人笔下，没有不带感情的风景。那么，这两句诗要表达的感情在哪里？在"客舍"和"柳色"中。客舍自然是送别之地，那垂柳呢？垂柳就是中国的送别树。要知道，"柳"的谐音是"留"，代表着送行之人依依惜别的心，这是一层意思。还有一层意思，人离开家乡，不就像枝条离开树根一样吗？所谓"在家千日好，出门时时难"，总会遇到很多困难的吧？柳树是最容易活的树，它的枝条可以随插随活，所以用它来送给远行的人，祝愿他像柳条一样，随遇而安，四海为家。有这么多意思在，柳条就成了古人送别的伴手礼，也成了送别的代名词。李白的《劳劳亭》说："春风知别苦，不遣柳条青。"王昌龄的《闺怨》说："忽见陌头杨柳色，悔教夫婿觅封侯。"所以，我们一看到柳色新，就知道，这虽然是一幅最明媚的风景画，但是，里面也有如柳丝一般既柔且长的情丝在，牵着元二的马，也牵着诗人的心。只是，这样的情绪藏在景色里，不露出来，这就是诗的蕴藉所在。

　　再看后两句："劝君更尽一杯酒，西出阳关无故人。"一场清晨的小雨，仿佛给元二扫清了道路，终于到了出发的时刻。这时，诗人端起一杯酒，递给即将离开的朋友，说：你就再干了这杯酒吧，西出阳关，就再也见不到老朋友了！阳关在哪里？阳关在敦煌的西南边。当年，汉武帝开丝绸之路，在敦煌以西设立两个关，北边的叫玉门关，是从北道出西域的必经之路。南边的是后设的，因为在玉门关以南，所以就叫阳关，是从南道出西域的必经之路。出了阳关，就算出了中原内地。从长安到阳关，有一千多千米；从阳关到龟兹，还有一千多千米，西出阳关，就已经没有故人了。那阳关再往西呢？就是绝壁大漠，更荒无人烟了！我前面说过，诗的前两句最含蓄蕴藉，一切意思都藏在风景里。这后两句就不一样了，它非常直白，仿佛脱口而出，不假思索，直白到有点残酷，就告诉你"西出阳关无故人"，一点都不回避你远行的艰难和寂寞。但是细细想来，正因为它如此真诚、如此实在，才如此打动人心。诗句脱口而出，感情也喷薄而出，这就是力量。

这句话说完，元二会不会喝下这杯酒？一定会。我一直觉得，这句话特别有镜头感。像1986年版电视剧《西游记》里，唐僧从长安出发，唐太宗给他送行的那一刻。唐太宗捏了一点土，撒在酒杯里，递给唐僧。唐僧说：贫僧不饮酒。唐太宗告诉他，这杯酒你必须喝，宁恋本乡一捻土，莫爱他乡万两金呀！唐僧听了之后，一饮而尽，纵马西去。那么，在王维说出"劝君更尽一杯酒，西出阳关无故人"之后，元二一定也会一饮而尽，纵马西去吧？

为什么要说这一点呢？这涉及这首诗的基调问题。王勃的《送杜少府之任蜀州》是壮别，李白的《送孟浩然之广陵》是俊别，这首《送元二使安西》呢？我愿意把它称为畅别，畅快的畅。为什么这么说？别看诗人讲"西出阳关无故人"，好像很残酷，但是，正因为这次旅行的残酷性被如此轻松直白地说出来了，才让人觉得，它并不特别伤感，它有一种豪迈的情怀在。而前两句清新明朗的景物描写也加深了这种印象。这不是满天风雨，黯然销魂，而是仗剑去国，大道如天。换句话说，这首诗的感情基调是既悲且畅，明媚之中有深情，伤感之中有力量，这就是盛唐之音。这首诗是在唐朝就谱了曲子的，据《唐音审体》说，这首曲子的调门最高，高到笛子都会被吹裂，大概表现的就是这种激越的力量吧。

王维的这首《送元二使安西》在历史上影响特别大，几乎成了送别的代言诗，被反复引用。刘禹锡的"更与殷勤唱渭城"，白居易的"听唱阳关第四声"都是从这首诗演化而来的。所以后人评价说："唐人别诗，此为绝唱。"

王维《送梓州李使君》（别友）

　　盛唐时代，国家疆域达到哪里，官员宦游就要走到哪里，诗人的送别诗也就追踪到哪里。送别诗固然是要以情动人，但被送者的去向也非常重要。试想，如果孟浩然不去广陵，李白怎能写出"烟花三月下扬州"？若是元二不去安西，王维又怎么会说"西出阳关无故人"？朋友去的地方越荒凉，诗人的心情就越沉重；相反，若是朋友去的地方令人神往，诗人也就不见得一味"萋萋满别情"，而是可以随着朋友的脚步畅想一番了！前一首诗，我们追随王维去西北大漠，这一回，让我们继续锁定王维，来看看西南的山川。

送梓州李使君
王维

万壑树参天，千山响杜鹃。

山中一夜雨，树杪百重泉。

汉女输橦布，巴人讼芋田。

文翁翻教授，不敢倚先贤。

壑：山谷。

杜鹃：鸟名，一名杜宇，又名子规，或布谷鸟。

树杪（miǎo）：树梢。

巴：古国名，故都在今四川重庆。

讼：讼争。

芋田：蜀中产芋，当时为主粮之一。这句指巴人常为农田事发生讼案。

　　这首诗的题目是《送梓州李使君》，也就是说，送一位姓李的刺史去梓州赴任。梓州治所在今天的四川三台县，杜甫的名篇《闻官军收河南河北》，就是在那儿写成的。蜀地是长安的战略大后方，对唐朝的意义非常重要，但是，由三秦入巴蜀要翻越秦巴山地，这条路素以艰险著称。李白《蜀道难》讲："噫吁嚱，危乎高哉！蜀道之难，难于上青天！"真是一点儿也不夸张。另外，成都平原虽然以富庶著称，号称"锦官城"，但是，梓州是山区，唐朝的时候，这里民族杂处，情况远比中原复杂。在这种情况下，李使君要到梓州赴任，这样的送别诗怎么写呢？

　　先看首联："万壑树参天，千山响杜鹃。"一上来，就是神来之笔，妙不可言。妙在哪里？首先，立意就与众不同。一般送别诗，都是从眼前写起，即景生情，然后点出惜别。比如《送元二使安西》，开篇先讲"渭城朝雨浥轻尘，客舍青青柳色新"。因为两个人当时就在渭城客舍之中，属于即景生情。可是这首《送梓州李使君》一上来，就是"万壑树参天，千山响杜鹃"，这可不是眼前风物，而是悬想蜀道，悬想梓州。梓州是什么样子呢？"万壑树参天，千山响杜鹃。"这句话气魄真大。万壑千山，层峦叠嶂，满眼高耸入云的古树，满耳响彻群山的鹃啼，真让人有应接不暇之感。诗人为什么不写黄鹂，不写燕子，非要写杜鹃呢？因为杜鹃是蜀地的鸟。根据《蜀王本纪》的记载，杜鹃是古蜀国王杜宇的精魂所化，所以始终盘旋在巴山蜀水之间，是蜀地的象征。问题是，杜宇的人生以悲剧告终，所以古人用到杜鹃，一般取悲剧意象，比如最擅长描写蜀地风光的李白，不就写"又闻子规啼夜月，愁空山"吗？那么，王维这句"万壑树参天，千山响杜鹃"有没有悲剧色彩？完全没有。他用一个"千山"做背景，再用一个"响"字做音效，一下子就改变了杜鹃啼血的固定印象，把一只小鸟写得气势磅礴。"千山"有气势，大家都能理解，"响"字的气势在哪儿呢？响，不是啼，也不是鸣。鸣也罢，啼也罢，相对来讲都单薄。比如张继的"月落乌啼霜满天，江枫渔火对愁眠"，或者王维的"月出惊山鸟，时鸣春涧中"，鸟儿的一两声鸣叫，只能加深寂静的感觉，甚至寂静到空幻，寂静到悲伤。但是，一用这"响"字，马上就不一样了，这不是一两声啼叫，而是叫声四起，千山回响，让人的精神为之一振，心胸也随之开朗起来。化悲剧意象为欢腾意象，这真是诗人的大手笔。

首联是广角镜头，写全景。那颔联呢？颔联更神奇："山中一夜雨，树杪百重泉。"在唐朝的诗文中，蜀地多雨，更多夜雨。白居易说"行宫见月伤心色，夜雨闻铃肠断声"，李商隐也说"君问归期未有期，巴山夜雨涨秋池"。夜雨淅沥，通常让人觉得凄凉，但王维这首诗不一样。他也写"山中一夜雨"，然后呢？然后不是行人不忍闻，而是"树杪百重泉"。山中下了一夜的透雨，形成道道飞泉，凌空而下。这泉水是从哪里落下来的？当然是从高峻的崖壁上。但是如果你走在路上，视野被近处的树木遮挡了，这时候你再望去，就好像一股股山泉从树梢上直落下来，这是多么神奇的场景啊。当然，也有人解释说，"树杪百重泉"是指雨水从树梢上不断流下，好像泉水一样。可不可以？当然也不错。但是，无论怎么理解，这里有凄凉感吗？丝毫也没有吧。李使君好像不是背井离乡去做官，而是打起背包去徒步一样，一路看着苍苍古树，听着满山鹃啼，再掬起一捧山泉水洗洗脸，多惬意呀。事实上，它根本不像是送别诗，倒像是一首即景的五言绝句。想想看，这首诗如果就是这四句，"万壑树参天，千山响杜鹃。山中一夜雨，树杪百重泉"，是不是也足够完整、足够漂亮？首联写树和山，那是视觉和听觉的全景，是横向的，写得大气磅礴。颔联还写树和山，却是视觉和听觉的垂直图，是纵向的，写得蔚然深秀。一横一纵，既阔达，又奇丽。一共两联诗，却两次写树，两次写山，本来应该显得重复累赘吧？但这首诗完全没有那种感觉，相反，倒让人觉得前后呼应，一气直下，难怪清人王士禛在《古夫于亭杂录》中会说："兴来，神来，天然入妙。"

问题是，诗人为什么要把一首送别诗写得如此愉快呢？因为他对李使君充满了期待，希望李使君对这次出行也能充满期待。李使君是要到梓州去做刺史的，梓州是个什么样的地方呢？看颈联："汉女输橦布，巴人讼芋田。"这是从风景讲到人了。所谓"橦布"，就是用橦花织的布，也就是木棉布。而"芋田"，则是种芋头的土地。梓州属于川北，这个地方多民族杂处，物产也罢，风俗也罢，与中原相比有很大的区别。这个地方的姑娘，既不缫丝，也不纺麻，而是用橦花纺线织布。从秦汉时代起，橦布就是川北特产，每年都要缴纳给中央充当贡赋，这就是"汉女输橦布"。那"巴人讼芋田"呢？是说这个地方的小伙子既不种稻，也不种麦，而是种芋头。无论种什么，土地都是农民的命根子，买卖之间，当然会有一些官司，更何况川北巴人历来以剽悍著称！这就是"巴人讼芋田"。用"汉女输橦布，巴人讼芋田"来写梓州与中原物产风俗不同，这是第一层意思。那第二层意思呢？第二层意思是说，缴赋税也罢，主词讼也罢，都是刺史最重要的职责。李使君到了梓州，就要处理"汉女输橦布，巴人讼芋田"的工作了。催缴赋税，处理官司，这样的工作本来就挺复杂的，更何况是在梓州这样一个多民族杂处、风俗剽悍的地区呢？有没有人觉得沉重？没有！因为这两句诗写得太诗情画意了。诗情画意在哪儿呢？在汉女与巴人，也在橦布与芋田。要知道，木棉花是火红的，而芋头花则是雪白的，汉女巴人的打扮又是五彩缤纷的，富有民族风情的。虽然诗人没有写这些，但是，他把汉女、巴人，橦布、芋田这么一并列，我们已经自动脑补出一幅最美的风景画。所以大学者王夫之说，这两句"一似景语"。虽然不是当风景来写的，但是，却又有风景画一般的美感。这样的描写，一下子就把李使君即将面对的艰巨工作浪漫化了，甚至让人觉得，这真是一个好差事。

诗人这么努力地写梓州风景之美、风情之美，到底是为了什么呢？看尾联："文翁翻教授，不敢倚先贤。"文翁在蜀地可是大名鼎鼎的人物。他本来是江西人，从小好学，通晓《春秋》。西汉景帝时期到蜀地担任郡守，那个时候，蜀地还非常落后。文翁到任后，兴学堂、举贤能、修水利，一举把蜀地变成了文明富裕的先进地区。以一人之力改变一个区域的风貌，这个贡献不得了，所以班固《汉书·循吏传》把文翁排在了第一位，而且说"至今巴蜀好文雅，文翁之化也"，是中国古代官员的典范。既然如此，这两句诗是什么意思呢？王维是说，当年文翁入蜀，翻新教化，你去了可要向他学习，加油干啊！千万不要倚仗先贤已有的成果，觉得梓州无事，就无所作为了！把李使君和文翁相提并论，这本身是很周到的恭维，却又加上一句"不敢倚先贤"，算是殷勤的劝勉。这样一联送给一个即将赴任的官员，真是委婉得体，而又格调高昂了。而且，这样一劝慰，前面的描写也就有了着落。原来，王维那么费心费力，是想让李使君爱上梓州的土地和人民，在那里鞠躬尽瘁，大展宏图。这样一来，这首送别诗就不一样了吧？它不像一般送别诗那样只写离愁别恨，而是关心着国家大事、民生疾苦，立意非常高远。但又写得明快爽朗，美不胜收，让人觉得不假不空，别开生面。

白居易《赋得古原草送别》（别友）

春风春雨，春草春花，年年岁岁，暮暮朝朝。同样的风景，在不同的诗人笔下会有截然不同的表达，而同样的表达，在不同的读者心中，又会荡起截然不同的涟漪。所谓"诗无达诂"，讲的恰恰就是诗的这种模糊性所带来的丰富性吧，一千个人心目中有一千个哈姆雷特，同样，一千个人读同一首春天的诗，也会读出一千种况味，这真是非常美好的感觉。

白居易的《赋得古原草送别》，被选入了小学课本，恐怕大家早已耳熟能详。那么，这首诗到底说了什么？是否就像我们想象的那样，只是在讴歌野草的生命力呢？

赋得古原草送别
白居易

离离原上草，一岁一枯荣。

野火烧不尽，春风吹又生。

远芳侵古道，晴翠接荒城。

又送王孙去，萋萋满别情。

离离：草木茂盛的样子。
远芳：草香远播。
晴翠：草原明丽翠绿。
王孙：本指贵族后代，此指远方的友人。
萋萋：草木长得茂盛的样子。

先说题目，这个题目属于"赋得体"，其实就是命题作文。作文题目已经规定好了，不能自由发挥，只能"赋得"。唐朝科举考试中，很重要的一项考核内容是写诗，考试的诗自然不能按照个人喜好随便写，必然有规定的题目，规定的体裁。规定的题目，很可能是一句现成的古诗，比如"北方有佳人"，那就必须写"赋得北方有佳人"。而规定的体裁，往往是五言律诗，因为它格律严谨，容易判断对错。考试既然这么考，举子们平时练习就得这么练，所以这首《赋得古原草送别》，其实就是当年白居易模拟考试的习作。

这样的作品，要想写好可不容易，为什么呢？首先，题目难度大。"古原草送别"其实是三个意象：一个"古原"，一个"草"，一个"送别"。这也是当时考生为了加大练习难度特地给自己设置的障碍，三个意象都要说到，而且不能生拉硬扯，要圆融贴切，才算是一首好诗，这不容易做到。其次，写这首诗的时候，诗人眼前可是只有一张考卷，古原也罢，草也罢，送别也罢，都由想象得出，并没有真情实景。关于这一点，看《红楼梦》就会知道。大观园里的公子小姐们，在三姑娘探春的邀请下结诗社。第一次写诗，写什么题目好呢？正巧宝玉新得了两盆白海棠，于是大嫂子李纨就建议写白海棠。这时候二姑娘迎春说："都还未赏，先倒作诗？"宝钗立即反驳她说："不过是白海棠，又何必定要见了才作。古人的诗赋也不过都是寄兴寓情，要等见了作，如今也没这些诗了。"迎春和宝钗的对话，其实就是外行和内行的区别。通过想象来寄兴寓情，这就需要诗人想象力丰富，还要寄兴高远，有所谓的"雅人深致"，这当然更不容易。虽然不容易，但是，白居易做到了。

先看前两句："离离原上草，一岁一枯荣。"一句"离离原上草"，古原和草这两个意象立即有了，这是点题。只点到这两个意象了吗？当然不是。这句话是从哪里来的呢？大名鼎鼎的《楚辞·招隐士》中讲"王孙游兮不归，春草生兮萋萋"，离离和萋萋都是草木茂盛的样子，所以"离离原上草"，正是化用了"春草生兮萋萋"，一点离愁别绪，已经在酝酿之中了。一句话把题目全点出来，非常厉害。那"一岁一枯荣"呢？看起来仿佛只是讲了一个自然规律。草嘛，本来就是一年生的植物，春荣秋萎，年年如此。但是诗的妙处不在这里，在哪里呢？它讲"一岁一枯荣"，先讲"枯"，再讲"荣"，这就不是一盛一衰，而是一衰一盛，落笔在"荣"，一下子，春草的气象就油然而生了。而且，给下两句留了无限的余地。

下两句"野火烧不尽，春风吹又生"，就是这首诗的诗眼所在。这两句诗写得真通俗，但也真精神。古原草不是名贵品种，不是在花园里特地培育的草坪，它就是野草。而野草最重要的特性，就是生命力顽强。脚踩不怕，刀割不怕，霜冻不怕，努力把根深深地扎在泥土之中，只待来年一缕春风、一场春雨，马上就恢复勃勃生机。那作者为什么不写刀砍霜冻，非要写"野火烧不尽"呢？因为星星之火可以燎原啊，草原上的野火，不是那种随随便便就可以抵抗过去的小灾难，它具有吞噬天地的力量。这样巨大的痛苦、这样巨大的破坏都不能毁掉野草，只待一场春风，立即又绿遍了古原，这种在烈火中重生的力量太让人震撼了。这是精神好。其实，这两句不光是精神好，颜色也好。野火是红的，野草是绿的，这种红色和绿色的搭配本身就具有强大的视觉冲击力。还有什么好？意象好。野火是刚猛的，但最终会熄灭，只剩下一片焦土；野草是柔弱的，但它生生不息，最终会让焦土重新焕发生机。这就是所谓的柔弱胜刚强啊，来自中国古老的道家思想，而道法自然，本来就是中国哲学的一个重要理念。所以，今天的读者看到这句诗，都仿佛能够汲取力量，道理就在这里。

一场春风化雨，野草恢复了勃勃生机，那接下来呢？接下来重点要讲古原了。"远芳侵古道，晴翠接荒城。"野草是蓬勃的，几乎盖住了绵长的古道；野草又是清香的，仿佛把古道笼罩在生命的芬芳之中。这是讲气味。讲完气味，要讲颜色了，什么样的颜色呢？"晴翠接荒城"。在晴朗的天气里，在阳光的照耀下，野草显得分外苍翠。别看古道很古老，荒城很坚固，在永不停息的生存竞争中，野草才是真正的强者。芳是气味，翠是颜色，它就用这样的气味、这样的颜色，把整个古原都占领了。一个"侵"字，一个"接"字，写尽了野草生机勃勃的霸道。在旧和新之间，在衰老和青春之间，大自然本能地倾向了后者。到这里，草也罢，古原也罢，都写完了。

最后一句："又送王孙去，萋萋满别情。"这是直接点题。题目是《赋得古原草送别》。草也罢，古原也罢，都不是主角，只是背景。那主角是谁？是不是远行的游子呢？他是如此年轻，他的心都长草了，即将沿着古道奔向远方。我们承认，游子很重要，但他还不是主角，真正的主角是那个因为送别而愁肠百结的诗人，他眼看着朋友越走越远，直到消失在荒城之外，古道尽头，极目四望，只有连天碧草，这时候，巨大的哀愁一下子笼罩了他，于是，"又送王孙去，萋萋满别情"脱口而出。这一句完全化用了"王孙游兮不归，春草生兮萋萋"，但是化用得非常自然，不用等到游子不归的时候，只是看着游子远去，多情的诗人就已经是萋萋满别情了！那么，这个即将远行的少年，在挥别故乡，挥别童年，面对不确定未来的时候，是不是也萋萋满别情呢？当然是的！虽然一个走，一个留，但是在萋萋满别情这个问题上，两个人又合而为一了。后来，南唐后主李煜在《清平乐·别来春半》中有一句"离恨恰如春草，更行更远还生"，也是从这个意思上化出来的，也写得非常漂亮。奔向远方是美的，离愁别绪也是美的，人生本来就是如此复杂，就像古原上新生的野草一样吧！

白居易因为这首诗赢得了荣誉。少年的诗人去拜访老诗人顾况。顾况一看他的名字，就打趣起来，说"长安米贵，居大不易"。可是，看完这首诗之后，老诗人不开玩笑了，他激动地说，以你的才华在长安立足，太容易了！这是中国人爱听的关于才子无敌的故事。其实，我更想讲讲关于这首诗的争议，讲诗的模糊性所带来的审美。

什么争议呢？蘅塘退士说，这是一首政治讽刺诗，用野草比喻小人，怎么除都除不尽，总是春风吹又生。而古道比喻君子，总被小人欺负。荒城则比喻皇帝，永远愿意亲近小人。王孙呢？比喻在朝廷斗争中失败的正人君子，只能凄然离去。按照蘅塘退士的理解，这才是这首诗的真谛。是否真的如此呢？很难说。我个人认为，白居易写诗的时候才十六岁，刚刚从地方来到京城，他更可能寄情于蓬勃的野草，而不是整天关注朝廷里的政治斗争。但是，我也不敢说自己的观点一定对，因为"诗无达诂"。蘅塘退士也罢，我也罢，都是从自己的角度去揣摩白居易的心思，都有可能不准确。但是，这件事情真正的意义不在这儿。真正的意义是，不管白居易当年怎么想，诗只要一问世，就有了自身的生命。每个读诗的人，都可以依据自身的经验和情趣去解读它，让它从不同的角度来感动自己。《赋得古原草送别》就是经典的例子，我们今天通常用它来讴歌新生事物或者草根人群顽强的生命力，但是，谁又敢说，天下只有这样一种解读的视角呢！诗无达诂，诗才丰富，才美丽。

杜甫《春日忆李白》（别友）

　　李白和杜甫之间的友情，是我非常喜欢的一个话题，所以很想借着讲诗，发表感想。从哪首诗讲起呢？杜甫有一首《春日忆李白》，评价非常高，而且诞生了一个最美的成语"春树暮云"。就以此为例，看看老杜眼中的李白，心底的深情。

春日忆李白

杜甫

白也诗无敌，飘然思不群。

清新庾开府，俊逸鲍参军。

渭北春天树，江东日暮云。

何时一樽酒，重与细论文？

思：指诗歌的思想情趣。

不群：不同于一般人。

渭北：渭水之北，泛指渭水之滨的长安、咸阳一带。

江东：指长江下游的江南地区，即今浙江北部和江苏南部。

论文：即论诗。六朝以来，通称诗为文。

这真是一首属于春天的诗。写得高而飘，流而丽，虽然是杜甫的诗，但是有李白的风范，有春天的风致。

先看首联："白也诗无敌，飘然思不群。"起首就是一个判断句，直抒胸臆，而且，把李白最重要的优点说出来了。李白为什么诗无敌？恰恰因为他"飘然思不群"。他超凡脱俗，他卓尔不群，他仿佛在空中飞，在云中飘，这不正是我们热爱李白的原因吗？所以，"白也诗无敌，飘然思不群"，李白的定位有了，李白的特点也有了，写得真是爽利。这像是谁的口吻？像李白呀，李白写《赠孟浩然》不是劈头一句"吾爱孟夫子，风流天下闻"吗？也是直抒胸臆，也是一下子点到孟浩然的优点。所以，杜甫这两句诗，可以说就是对李白的致敬之作。这还不算，这两句诗还有更漂亮的地方，漂亮在哪里呢？在两个虚词，"也"和"然"。这两个虚词，形成两个自然的顿挫，仿佛两个加重提示音一样，后面的"诗无敌"和"思不群"一下子就显得特别突出了。

分析完首联，顺便理一理杜甫对李白的评价吧。杜甫除了说"白也诗无敌，飘然思不群"之外，还说过"笔落惊风雨，诗成泣鬼神"，这可是高到不能再高的评价了。杜甫一直觉得李白配得上人间最高的荣誉，也一直为李白的坎坷打抱不平。他说"冠盖满京华，斯人独憔悴"，他说"文章憎命达，魑魅喜人过"，李白犯了政治错误被流放，他也会说"世人皆欲杀，吾意独怜才"。为了李白，他可以与全世界为敌。杜甫的判断准确不准确？太准确了。李白的确是盛唐气象的最佳代言人，就像余光中先生所说的，"绣口一吐，就半个盛唐"。

中国人讲一个人多么厉害，往往习惯性地拿这个人跟古人对比。比如赞美一位史学家，就会说是司马迁再世；赞美一位书法家，就会说是王羲之复生；等等。杜甫也是这么做的。他对李白评价如此之高，他觉得李白像谁呢？看颔联："清新庾开府，俊逸鲍参军。"他觉得李白像南北朝时期两位著名的文学家：庾信和鲍照。庾信官至开府仪同三司，所以号称庾开府，他早期的作品以绮丽清新著称。而鲍照官至前军参军，所以世称鲍参军，他擅长乐府歌行，风格俊逸豪放。庾信和鲍照这两个人加在一起，就代表了魏晋南北朝骈文的最高成就。而且，杜甫把"清新"和"俊逸"并举，也是非常得体的赞美。要知道，李白的诗本来就有清新和俊逸两种路子，既有流水落花之趣味，又有鹰隼飞天之雄风。既然如此，那么杜甫拿这两个人来比他，应该是深得李白之心吧？且慢，完全不是那么回事，因为李白本人并不特别推崇这两位。

在整个魏晋南北朝时代，李白最推崇谁？毫无疑问是谢朓。他说"蓬莱文章建安骨，中间小谢又清发"，他说"解道澄江净如练，令人长忆谢玄晖"。小谢也罢，谢玄晖也罢，都是指谢朓。所谓"念兹在兹"，所以后人评价李白是"一生低首谢宣城"，而对庾信和鲍照两位呢？李白压根儿没提过。这就是问题呀！杜甫说李白像庾信和鲍照，而李白说自己像谢朓，这不是严重的自评价和他评价不统一吗？杜甫读了李白那么多诗，应当知道李白崇拜谢朓，为什么还非要说人家像庾信和鲍照呢？这就是杜甫的认真，也是杜甫对朋友的真诚了。要知道，杜甫和李白本来就是一对诗友，一起纵饮狂歌当然很好，但是，杜甫更在乎的还是跟李白抵足而眠、畅论诗文的乐趣。此刻，虽然两个人天各一方，没法当面锣、对面鼓地讨论，但即使是写诗，杜甫也一定要把自己的想法写清楚。你觉得你像谢朓？我才不那么看呢，你作诗的路子，明明和庾信、鲍照一样！这才是真朋友啊。

正因为太想和李白论诗了，所以，杜甫此刻情不能已，自然而然地就从论诗转到怀人上去了。接下来看颈联："渭北春天树，江东日暮云。"这两句堪称这首诗的诗眼。什么意思呢？当时杜甫在关中，也就是诗中所说的渭北；而李白在吴中，也就是诗中说的江东。

两个人一个西北、一个东南，整整隔了半个中国。杜甫这是在设想：李白向我这边翘首北望，应该只能望见依依的春树吧；而我向他的方向遥望南天，也只能看见暮云低徊。两句诗看上去只是在写景，根本没有人物出现，但是，把渭北和江东这两个地方的典型风景一并列，风景背后的两个人自然就出来了。而且，杜甫像不像一棵扎根泥土的大树？李白像不像一朵飘浮在空中的飞云？一句春树暮云，活脱脱的两个人都刻画出来了，两个人背后的情分也就不言而喻了。这就是王国维先生所说的"一切景语皆情语"。好的诗里，绝对没有单纯的风景，所有的风景，都是情景交融的。"渭北春天树，江东日暮云"，这两句诗写得太清新，也太自然了，看似毫不费力，实际分量却又力透纸背。所以，"春树暮云"已经演变成了一个成语，专门用来表达对远方朋友的思念。

再接下来，到尾联了。既然如此推崇李白，又如此思念李白，自然而然地就会引出最末一句话的强烈期待："何时一樽酒，重与细论文？"咱们什么时候才能见面呀，再一起把酒临风，细论诗文？也许还可以论一论，你到底是像谢朓还是像鲍照；也许还可以论一论，谁才是当今第一大诗人。无论论到什么问题，这两位唐代文坛的双子星相遇，都是"金风玉露一相逢，便胜却人间无数"。然而，历史没有那么尽如人意。按照学者的考证，李白和杜甫一共见过三次面。第一次是天宝三年（744）夏天，在洛阳；第二次是天宝三年秋天，在梁宋；第三次则是天宝四年（745），在东鲁。此后两人便如同参、商二星，再也未能相见。而《春日忆李白》这首诗写于天宝六年（747），虽然诗人热切盼望"重与细论文"，但是，这只能是一个跨越千秋的梦想了。

说到这里，该说说杜甫和李白的关系了。很多人觉得，杜甫对李白情深，李白对杜甫情浅。杜甫给李白的诗，流传下来的有十五首，首首都是佳作。而李白写给杜甫的，连存疑的都算上，也才四首，而且水准一般。说李白对不起杜甫，是不是呢？我不这么看。为什么？

第一，李白比杜甫大十一岁，杜甫跟李白不能算是学弟与学长，而是后辈与前辈的关系。按照社会常识来说，也是后辈仰望前辈多一些。李白也一样啊，孟浩然比李白大十二岁，所以孟浩然就是李白的偶像，李白给孟浩然写了不少深情款款的诗，而孟浩然呢，至少从目前存留的情况看，一首都没有回。这是第一个原因。

第二，也是最重要的原因，李白和杜甫的性格不同。李白是什么？李白是仙，是飘在云中的，每天除了能看到神仙，就能看到自己了。所以，他或者思慕神仙，或者张扬自己，对社会、对他人，他的体贴程度就会差一些。仔细想一想，我们衷心喜欢的，不也正是李白这种飞扬的个性和潇洒的情怀吗？但是杜甫不一样，杜甫是圣，圣人也是人啊，所以他有普通人的情怀，但是比普通人还要深沉，还要博大。所以我们会感觉杜甫对谁都深情款款。对老妻，他写"香雾云鬟湿，清辉玉臂寒"；对孩子，他写"布衾多年冷似铁，娇儿恶卧踏里裂"；对寒士，他写"安得广厦千万间，大庇天下寒士俱欢颜，风雨不动安如山"！我们敬仰的，不也正是杜甫的这种深情和博爱吗？这两个人性格如此不同，当然对朋友的态度也不一样，李白更潇洒些，杜甫则更深情些。

第三，我想说，既然读诗，就别那么斤斤计较。读诗应该有一颗诗心，诗心是什么？诗心就是一颗赤子之心。不算计，也不计较。不要说，我给朋友买了一百元钱的礼物，朋友就要还我一百元钱的礼物，如果是八十元钱的礼物，我就吃亏。这不是交朋友，这是做生意。所谓真的朋友，不就是真诚地喜欢对方的优点，也宽厚地包容对方的缺点吗？普通朋友尚且应该有这样的情怀，何况是诗仙李白和诗圣杜甫呢？

王维《相思》（怀友）

　　看见《相思》这个题目，读者一定会想，这首诗是不是放错位置了？明明应该放在爱情部分，跟李白的《长相思》放在一起才对，为什么会入到友情这一章呢？有两个理由。第一，这首诗还有一个名字，叫《江上赠李龟年》，王维是音乐发烧友，李龟年是职业音乐家，两个人以乐会友，相互的题赠自然要归入友情一类。第二，友情与爱情，重点都要落到一个"情"字，最亲的朋友和最真的恋人，原本就分享着一些同样的心情，落到哪一章，又有什么区别呢？

相思

王维

红豆生南国，春来发几枝？

愿君多采撷，此物最相思。

《相思》：一作《相思子》，又作《江上赠李龟年》。

红豆：又名相思子，一种生在江南地区的植物，结出的籽像豌豆而稍扁，呈朱红色。

　　为什么要读这首诗呢？有一次，跟几位当记者的妈妈聊天，说到教孩子读诗的问题。一位妈妈说，她的小孩才上小学一年级，老师指定的课外读物就是《唐诗三百首》，让孩子们从第一首开始读起，每天背一首。我听了真为这些小朋友担忧。因为《唐诗三百首》的体例，是从五言古诗开始，进入七言古诗，再到五言律诗、七言律诗，最后再到五言绝句、七言绝句。也就是说，古体诗在前，近体诗在后。这样的排列顺序符合诗歌本身的发展线索，但是，并不符合一般人的认知规律。这就像学书法一样，虽然中国的文字是从甲骨文开端，然后才有篆书、隶书、楷书，但是，一般开蒙描红，还是要从楷体入手，这才符合先易后难的原则。学书法如此，学诗也是一样。如果一个普通人，特别是一个小朋友，先从古体诗入手，会觉得难以接受，而兴趣一旦被打消，再想挽回就难了。所以，我的建议是，读诗顺序要从近体诗到古体诗，也就是从绝句、律诗开始，再到古体诗。也许有人认为，绝句也太简单、太幼稚了，能有多大意思呢？所以这里就分享一首绝句，看看绝句有多美，多回味悠长。提到绝句，我第一个想到的就是王维的《相思》。

　　"红豆生南国，春来发几枝？愿君多采撷，此物最相思。"这首诗写得真明白，几乎不用翻译。而且，也真漂亮。漂亮在哪里？

第一句就漂亮，"红豆生南国"。多简单啊，红豆树生长在南方。字面意思是简单的，但背后的含义就没有那么简单了。这句诗体现了中国古诗的一个大传统，叫作即物起兴。要知道，中国的诗，自《诗经》始，就讲究赋比兴。所谓"兴"，就是借物言情。比如《诗经·桃夭》，一上来就说"桃之夭夭，灼灼其华"。为什么要说这满山遍野的桃花呢？因为诗人由这娇艳而又生机勃勃的桃花，联想到了同样娇艳而又生机勃勃的新嫁娘。桃花开后会结果，想来，新娘出嫁之后，也会开枝散叶，兴旺家族吧？这么一想，下一句"之子于归，宜其室家"自然就出来了。像这样由物到人，托物言志，就叫作即物起兴。

"红豆生南国"也是即物起兴，它借的物就是红豆。红豆有什么特性呢？据说，汉朝有一个男子戍边不归，他的妻子每天倚树遥望，相思成疾，泣血而死。妻子死后树上结出红豆，仿佛是妻子的血泪凝成的，所以红豆又叫相思子。这种说法在王维的时代早已深入人心，已经成为中国文化的一个密码了。就像《楚辞·招隐士》里讲"王孙游兮不归，春草生兮萋萋"一样，我们一看见春草萋萋，就会自动联想起游子思乡。同样，我们一看见诗句"红豆生南国"，立刻就知道这是为相思打伏笔，是在逗起情思。

接下来第二句，按照先即物起兴，再由物到人的规律，就该讲相思了吧？并没有。诗人第二句接了一个问句："春来发几枝？"这是问谁呢？问诗人思念的那个人。那个人当时一定就在南方，所以诗人说，红豆就生长在你们南方啊，春天到了，它又长出了多少新枝？多平淡，多从容，仿佛是在闲聊天气，闲聊植物，仿佛什么也没说一样。但是真的是什么也没有说吗？当然不是。大家都是中国人，都懂得中国文化的密码，这句话背后的意思是什么？春天来了，你对我又生出了几许相思？这层意思我们都懂，可是，诗人没有明说，他只是说："红豆生南国，春来发几枝？"这是多么温柔，多么含蓄，多么富有中国情趣呀。这就是王维的本事了。在另一首《杂诗》里，王维说："君自故乡来，应知故乡事。来日绮窗前，寒梅著花未？"一句"寒梅著花未？"问的事儿极小，但是用的情极深。同样，一句"春来发几枝？"也是问得风轻云淡，但是一定会问到朋友的心灵深处。这就是用淡语写深情。

接下来两句："愿君多采撷，此物最相思。"既然发新枝，就会结新果，所以诗人自然而然地写到了"愿君多采撷"，希望您多多地摘红豆吧！为什么劝人多采红豆？因为通过采撷植物来怀念远人本来就是中国古诗的传统，就如同我们都知道的折柳赠人。与柳

来日绮窗前，寒梅著花未？

条相比，红豆当然更适合赠人，因为它本来就叫相思子呀，所以下一句也就顺理成章地出来了："此物最相思。"整首诗从红豆起兴，因为春来想到发新枝，因为发新枝想到采红豆，最后结到了相思的主题上，一气呵成，清新流畅，自然至极。

这还不够，再仔细想，"愿君多采撷，此物最相思"这两句真是妙不可言。妙在哪里？既可以翻译成希望你多多地摘红豆吧，因为它最惹人思念，也可以翻译成希望你多多地摘红豆吧，因为它最能唤起相思之情。如果按照前面的翻译，那就是在讲红豆，如果按照后面的翻译，那就是在讲感情。那么，诗人到底是在讲红豆还是讲感情？当然是讲感情。但是，单从字面看，又不能说这一定是在讲感情。这就是中国式语言的细腻和微妙，也是中国式心灵的细腻和微妙。这还不够，你还可以再进一步想。诗人一直说，让那位"君"去多多地摘红豆，多多地思念，好像没有自己的事儿一样，但是，明眼人都知道，"君"的背后是谁？正是诗人自己呀。请那位"君"多多相思，背后不恰恰是诗人一直在思念着那位"君"吗？这层意思躲在背后，引而不发，这不也是中国式心灵的细腻和微妙吗？

五言绝句好读，但是最难写。因为它一共就四句话、二十个字，所有的起承转合都要在这二十个字里完成，而且还要意在言外，回味悠长，这是非常不容易做到的。但是，这首诗做到了，不仅极其自然、极其深情，还极其耐人寻味。为什么呢？因为诗人满心的思念，却始终没有直接表达，而是句句不离红豆，这是何等含蓄！可是无论是"发几枝"，还是"多采撷"，乃至最后的"最相思"，又是何等热切啊。含蓄而热切，这样的感情既可以属于情窦初开因而羞于表达的少年情人，又可以属于饱经风霜因而一切都意在言外的中年好友，所以这首诗显得特别圆融，适用性特别广。

事实上，这首诗还有一个题目，叫《江上赠李龟年》。李龟年是盛唐时期的一个著名音乐家，和王维、杜甫等大诗人关系非常好，所以，这首诗最初无疑是写给朋友的，表达的是对老朋友的思念。但是，千年以来，有非常多的人把它当情诗来看待，不正说明了这首诗在表达情感方面的涵容度和普适性吗？难怪它刚一写成，就立即被乐师谱曲，广为传唱，也难怪它一千多年来都能够打动人心，一直流传到今天。

说到这里，再拿另外一首也非常出名的红豆词来跟它对照，体会一下诗词的不同妙处。哪首词呢？温庭筠的《南歌子》："井底点灯深烛伊，共郎长行莫围棋。玲珑骰子安红豆，入骨相思知不知。"这首词也很好，句句一语双关，特别巧妙。"井底点灯深烛伊"，从表面上看，是我用烛光深深地照亮你，但实际上烛光的"烛"又和嘱咐的"嘱"谐音，其实是说我在深深地嘱咐你。"共郎长行莫围棋"，长行也罢，围棋也罢，都是一种小赌博游戏，表面是说，我跟你玩长行，不跟你下围棋。其实呢，长行又指远行，围棋又谐音违期，就是不按时回来。也就是说，你如今远行，可一定要按时回来。而"玲珑骰子安红豆，入骨相思知不知"呢，骰子就是俗话说的色子，如今的色子大概是各种材质都有吧？上面的红点是用颜料涂上去的。而当时，骰子基本是用骨头做的，而且是镂空的，上面的红点是嵌上去的红豆，所以才说"玲珑骰子安红豆，入骨相思知不知"。四句话的小令，小巧玲珑，精雕细琢，真是风流旖旎，情思入骨。但是，也欠了点儿什么。欠了一种雅正的风骨，欠了一种浑厚、自然的风度。所以，它只能表现男欢女爱，不能表达更丰富的感情。这也正是词，特别是花间词和诗的区别，当然也是花间词鼻祖温飞卿和诗佛王摩诘的区别吧。

韦应物《秋夜寄邱员外》（怀友）

王维写诗，已经很淡了，淡到只讲几枝红豆；还有人比他更淡，淡到只剩一颗松子。红豆是彩色的，松子却是黑白的，这样清冷的颜色，怎么相思呢？

秋夜寄邱员外

韦应物

怀君属秋夜，散步咏凉天。

空山松子落，幽人应未眠。

属：正值，适逢，恰好。

幽人：幽居隐逸的人，悠闲的人，此处指邱员外。

唐朝号称诗国，重量级的诗人如群星璀璨。提到唐朝，可能大家先想到李白、杜甫、王维、孟浩然这些盛唐诗人；再想就是中唐的元稹、白居易，晚唐的李商隐、杜牧；再有大概会想到一些类型诗人，比如高适、岑参，等等。反正前十名，都轮不到韦应物。但其实，韦应物在唐朝诗人里绝对是非常有特点的一个。《红楼梦》里，香菱学诗热情高涨，整天跟史湘云讲论诗人，宝钗就取笑她们说："一个女孩儿家，只管拿着诗作正经事讲起来，叫有学问的人听了，反笑话说不守本分的。一个香菱没闹清，偏又添了你这么个话口袋子，满嘴里说的是什么：怎么是杜工部之沉郁、韦苏州之淡雅，又怎么是温八叉之绮靡、李义山之隐僻。"这里所说的韦苏州，就是韦应物。因为他当过苏州刺史，所以世称韦苏州。两个本不该拿写诗当正经事的闺阁女子，却整天讲论韦苏州之淡雅，把他与杜工部之沉郁相提并论，可见韦应物确实是风格鲜明，有独到之处。怎样的诗才叫淡雅呢？看这首《秋夜寄邱员外》就知道了。

先说题目。《秋夜寄邱员外》，一看就知道属于怀人诗。所谓"怀人"，就是怀念远方的亲人朋友，一般题目里会有"寄""忆"这样的字眼。比如李商隐的《夜雨寄北》，杜甫的《月夜忆舍弟》，王维的《九月九日忆山东兄弟》，等等。韦应物怀的邱员外是什么人呢？邱员外名叫邱丹，是苏州人。韦应物不是当过苏州刺史吗？和邱丹过往不少。邱丹曾经当过尚书郎，但是内心恬淡，后来干脆辞官归隐，到杭州北面的临平山学道去了。韦应物和邱丹惺惺相惜，《秋夜寄邱员外》就是在无人的暗夜，思念临平山的邱员外所作。

先看前两句："怀君属秋夜，散步咏凉天。"所谓"属"，就是正当，正值。这是在讲谁？讲韦应物自己。我在秋天的夜里想起了你，于是走出门，一边散步一边给你写诗。这两句诗，是不是即景即事，仿佛随口说出一样？这种感觉没错。但是，仔细看，这两句却又自有妙处。妙在诗句里非常微妙的照应关系。具体说来，就是"怀君"和"散步"照应，"秋夜"和"凉天"照应。因为怀君，所以夜不能寐，起来散步；既然时值秋夜，自然天气转凉，所以在吟咏的时候，也会觉出微微的寒意。两句诗，十个字，看似自然而然，毫不费力，其实关联巧妙，独具匠心。这是结构安排的好处。再看感情把握的好处。我们熟悉的怀人诗，感情大多比较热烈。比如《夜雨寄北》，上来就是"君问归期未有期"，君和我之间的殷殷期盼溢于言表；《九月九日忆山东兄弟》，也是劈头一句"独在异乡为异客"，对亲人的思念一目了然。但是，这首《秋夜寄邱员外》不一样。虽然也写怀君，但却那么不动声色，简直如同客观叙事一样。可是，看到秋夜、凉天这两个词，你是不是会觉出一种隐约的凄清和孤寂？看到散步、吟咏，是不是也会察觉到诗人揽衣徘徊，思念友人的情义？可是，这种孤寂也罢，情义也罢，都含而不露，这就是淡雅。

再看下两句："空山松子落，幽人应未眠。"这是在写谁？写邱员外了。本来，沿着上一句"散步咏凉天"的思路，人们以为诗人会把吟咏的内容接着写出来。可是没有，诗人宕开一笔，从自己跳到远方的邱员外了。邱员外正在临平山中修道，他此刻应该还没有入睡吧？空山寂静，他一定会听到松子落下的声音吧？这两句真有味道。它和前两句不一样，前两句是实写，自己做什么就写什么。到这两句，就纯然是想象，纯然是虚写了。正因为虚写，他写得特别空灵。要知道，邱员外是一个弃官修道的高人，这样的人怎样表现呢？诗人用了两个意象，一个空山，一个松子。唐代诗人之中，王维最喜欢空山，写了很多关于空山的诗，比如"空山新雨后，天气晚来秋"，还有"空山不见人，但闻人语响"，等等。其实韦应物也喜欢空山，除了这句"空山松子落，幽人应未眠"之外，还有"落叶满空山，何处寻行迹"。人在空山之中，独来独往，一方面是远离红尘喧嚣，另一方面更是摆脱世事纷争，内心会有一种虚怀若谷的宁静，这正是幽人该有的心境。那松子又是怎么回事呢？松子也罢，松树也罢，在中国文化传统中，都是高人隐士的标配。比如李白的《听蜀僧濬弹琴》，"为我一挥手，如听万壑松"，那是拿松树配高僧；再比如贾岛的《寻隐者不遇》，"松下问童子，言师采药去"，那是拿松树配隐士。松树高大挺拔，经冬不凋，最符合人们对高人逸士的想象。松子则一向被认为是神仙的食品。无论是空山，还是松子，本身都意味着隐居生活，神仙姿态。问题是，这两个意象怎么联系在一起呢？诗人用了一个字"落"。这个"落"字太好了，好在哪里？有三个好处。第一个好处，这个"落"字一出来，季节感也就出来了。空山之中，一切都遵循着自然轨迹，春天山花自开，秋天山果自落。一句"空山松子落"，正呼应了前面的"怀君属秋夜"，是典型的秋日之景，这就是季节感。第二个好处，"落"字一出来，山也就活了。本来，空山也罢，松子也罢，都是静态的，但落却是一个动态，松子这一落，不仅让诗句有了动感，也打破了空山的寂静。那么，空山是否就因此不寂静了呢？却又不然。松子太小了，空山太大了，松子这一落，看似一动，却只能把空山衬托得更加寂静。所谓"蝉噪林逾静，鸟鸣山更幽"就是这个道理。从静到动，动而能静，山不就活了吗？第三个好处，一句"空山松子落"，还把下一句诗也顺理成章地引出来了。"空山松子落，幽人应未眠。"空山之中，一颗松果掉落在地上，这是何等细微的声音啊！这样的声音，谁会听到？只有那不眠的幽人才会听到。这句诗多像王维《鸟鸣涧》中所写的"人闲桂花落，夜静春山空"呀。都是空山之中，都是不眠之人，都听到了最细微的声音。不同的地方在哪里？王维那首诗中的人在精神上是孤独的，他只和大自然对话，他只沉醉在大自然的美景之中。但是，韦应物这首诗中的幽人，其实是一个被朋友惦念，也惦念着朋友的人。秋夜之中，他的朋友因为思念他而徘徊，而他也因为思念朋友而无眠。一颗松果就在这个时刻落在地上，也砸中了幽人的心。这是什么样的情调？如果要用词的笔法写，这就是所谓的"一种相思，两处闲愁"了。但是，诗人却不会把话说得那么明白，这就是诗的蕴藉，也是人的淡雅。

说起来，韦应物和王维都是山水田园诗人，诗风都空灵淡雅，但两人的内在却又有微妙的差异，王维的内心更凉，更有禅意；而韦应物的内心更热，更有儒生气质。所以王维的人生路径是从做官到隐居，"晚年唯好静，万事不关心"。在辋川别业里修成了诗佛；而韦应物呢？虽然是京兆韦氏高门子弟出身，少年时代给唐玄宗当侍卫，也干过"身作里中横，家藏亡命儿。朝持樗蒲局，暮窃东邻姬"这样仗势欺人、无法无天的荒唐事，安史之乱后却能幡然悔悟，折节读书，修炼成一个宅心仁厚的官员，写下"身多疾病思田里，邑有流亡愧俸钱"这样的名句。冷中有暖，清淡中有热情，从这个角度讲，韦应物这首《秋夜寄邱员外》自有其耐人寻味的力量。

张九龄《望月怀远》（怀友）

人的心里若是住了一个远人，就很容易随处生情了。一旦看到与他相关的东西，就会立刻逗起相思。这引逗相思的触媒，往往因人而异，不足为外人道。但是有一种东西，古往今来，无论谁见了，都会立刻想起心头的那个人，简直成了中国文化中的"公共触媒"。这东西就是月亮。月圆月缺，正好比人生的聚散，怎能不让人感慨万千呢！和大家一起分享张九龄的《望月怀远》吧！

望月怀远

张九龄

海上生明月，天涯共此时。

情人怨遥夜，竟夕起相思。

灭烛怜光满，披衣觉露滋。

不堪盈手赠，还寝梦佳期。

怀远：怀念远方的亲人。

情人：多情的人，指作者自己；一说指亲人。

怨遥夜：因离别而幽怨失眠，以至抱怨夜长。

竟夕：终宵，即一整夜。

怜光满：爱惜满屋的月光。

盈手：双手捧满之意。盈：满。

张九龄是大诗人。五言古诗写得最好，上承陈子昂，下开李太白，给唐诗定了一个典雅高华的调子。蘅塘退士《唐诗三百首》一开篇就是他的《感遇》二首。但是，跟一般大诗人不同，他又是一个大政治家，官至宰相，而且是唐玄宗开元盛世的最后一位贤相。开元二十四年（736），张九龄受李林甫排挤，被贬为荆州长史。从此，唐朝进入长达十九年的李林甫时代，开元盛世也一步步蜕变为天宝乱局，直到安史之乱爆发，唐朝由盛转衰。回顾这段历史，很多人认为，即使没有安史之乱，张九龄罢相就已经预示着唐朝走下坡路了，甚至还有人讲，如果唐玄宗始终信任张九龄，安史之乱根本不会发生。为什么呢？因为就在开元二十四年，还在幽州当小军官的安禄山违反军令，打了败仗，被长官押送到长安，请朝廷发落。张九龄觉得安禄山性情狡黠，内心阴险，所以坚持按律斩首。唐玄宗却可惜将才难得，刀下留人，放虎归山，这才会有后来改变整个中国历史命运的安史之乱。安史之乱爆发后，唐玄宗逃到四川，痛定思痛，特地派人到张九龄的老家祭祀张九龄，表达自己的追悔之意。这真是"此情可待成追忆，只是当时已惘然"。

不过，唐玄宗虽然在诸多问题上和张九龄有矛盾，乃至最终罢免了张九龄的宰相职位，但是，他对张九龄的人品风度却一直高度认可。认可到什么程度呢？在张九龄之后，每次再任用高官，唐玄宗都要问一句："风度得如九龄否？"当然，回答永远是否定的。为什么？因为唐玄宗后期越来越重视功利，能够上位的都是李林甫、杨国忠那样的急功近利之徒，怎么会有张九龄那样的君子之风呢？为什么要在这首《望月怀远》前讲这些呢？首先是因为《望月怀远》写于开元二十四年张九龄罢相之后，前面说的这些算是一个创作背景。另外，在我看来，所谓"九龄风度"大体就像月亮的风度，清而有光。这首《望月怀远》的基调正是如此。

先看前两句："海上生明月，天涯共此时。"这起首一句真是气象不凡。"海上生明月"，就是一轮明月从海上升起，多自然啊，仿佛脱口而出，没有任何修饰。但是，那茫茫无际的大海，高悬海上的明月，还有洒遍海天的清辉，已经像画儿一样呈现在我们面前，而且这画面不是静态的，而是动态的，我们甚至可以感觉到冰轮涌出、海浪翻滚、清辉闪耀的力量，这是一幅多么雄浑壮阔的画卷啊。所以这句诗历代评价很高，人们常常把它和谢灵运的"明月照积雪"以及谢朓的"大江流日夜"相提并论，把这几句诗放在一起想象一下，确实都是那么自然浑融，而又气象高华。首句写景，点望月的主题，下一句"天涯共此时"，就是由景及人，开始"怀远"了。面对茫茫大海，皎皎冰轮，诗人的心胸一下子开阔，思绪也一下子就飞远了。飞到哪里了呢？飞到眼睛看不到，腿也走不到的地方了。此时此刻，无论天涯海角，每个人都在面对着同一轮明月啊。这句"天涯共此时"在情感上自然而然，但在文本上还是颇有来历的。什么来历呢？当年南朝谢庄写《月赋》，结尾作歌曰："美人迈兮音尘阙，隔千里兮共明月。"所谓"隔千里兮共明月"，不就是"天涯共此时"吗？还有，初唐张若虚《春江花月夜》，"春江潮水连海平，海上明月共潮生。滟滟随波千万里，何处春江无月明"，不也是"海上生明月，天涯共此时"吗？这都是张九龄之前的文本。在张九龄之后，苏东坡《水调歌头·明月几时有》的结尾，"但愿人长久，千里共婵娟"，不还是"天涯共此时"吗？这都是咏月的名篇，但是，《月赋》和《春江花月夜》的语言更流宕，有歌行的特点，《水调歌头》更直抒胸臆，是词的样子，而《望月怀远》则更凝练雄浑，这正是五言古诗应有的气象。"海上生明月，天涯共此时"，开头两句诗已经把整个诗题的内容全部收入，而又一点不费力气，气象还那么浑厚，这就是张九龄的本事。由望月到怀远，那接下来呢？

下两句："情人怨遥夜，竟夕起相思。"这情人不是我们今天讲的情人，而是指多情之人，说白了，就是诗人自己。所谓"情人怨遥夜"，就是多情的我埋怨长夜遥遥，没有尽头。为什么诗人会嫌夜长呢？下一句："竟夕起相思。"因为我一整夜都在思念你。这是在顺承前两句。因望月而怀远，因怀远而思念，因思念而无眠，又因无眠而觉夜长，这层层铺叙的感情多细腻呀。

把这四句诗并到一起想，前两句"海上生明月，天涯共此时"是一个外景，也是一个全景，它描述的是一个最广阔的海天世界，以及诗人最广远的思绪；而后两句"情人怨遥夜，竟夕起相思"呢？则是从室外到室内，从全景到焦点了。本来，"天涯共此时"还是泛泛而论，但是，一旦到了"竟夕起相思"，读者就明白了，诗人的心里有一个非常明确的思念对象，这个人和他远隔天涯，却又时时藏在他的心里。这种相思之情一旦被一轮明月触发，就一发不可收，让诗人辗转反侧，彻夜无眠。这就是"海上生明月，天涯共此时。情人怨遥夜，竟夕起相思"。从宏大的背景出发，走进深邃的情感，就像一个广角镜头再配上一个特写镜头一样，让人觉得那么丰富，那么有层次感。

接下来，"灭烛怜光满，披衣觉露滋"。这是夜深不寐的人在给自己找事做了。睡不着觉，是不是因为烛光太亮呢？诗人起身把蜡烛吹灭了。谁知吹灭之后，一个意想不到的情景出现了。烛光熄灭之后，屋里不是漆黑的一片，恰恰相反，如练的月华透过窗户，一下子洒满整个屋子。原来有蜡烛的时候，烛光是强势的，强势到让人觉得它就是唯一的光源。可是，一旦烛光熄灭，月光就静悄悄地现身了，它不是烛光那样炽热的一团火苗，而是均匀散布的满室清光。它毫不张扬，而又无所不在。这也是润物细无声啊，这样朴素低调而又无所不包的光辉像什么？像君子之德呀！这样清净的光芒也罢，这样内蕴的德行也罢，怎能不令人怜爱呢！这就是"灭烛怜光满"。清辉满室，诗人更睡不着了，干脆起来走一走吧。披上衣服，在庭院之中徘徊。徘徊着，徘徊着，夜越来越深了，清凉的露水悄悄洒下，不知不觉中已经沾湿了诗人的衣裳。这就是"披衣觉露滋"。"灭烛怜光满，披衣觉露滋"，读到这两句，一种宁静的感情油然而生，就在这清辉的沐浴下，诗人的内心也归于平静了。

接下来，"不堪盈手赠，还寝梦佳期"。月亮的清辉让诗人释然了，宁静了，诗人真想把这清辉掬起来，送给远方的朋友啊。可是西晋大才子陆机说过："照之有余辉，揽之不盈手。"月光无形，它可以充满天地，但却不能捧在手心。那怎么办呢？那就干脆回去睡觉吧，期待着梦中与你相会。这就是"不堪盈手赠，还寝梦佳期"。相思绵绵不绝，但内心已归于宁静平和。月光惹起相思，月光又安抚了诗人多情的心。

　　前面说过，这首诗是张九龄开元二十四年被贬荆州的时候写的。那么，诗人思念的到底是谁？是爱人，是家人，是朋友，还是远在长安的皇帝？没人知道。但是，无论是谁，这思念都是深沉的。那么，是什么让诗人由"竟夕起相思"的焦虑，回到"还寝梦佳期"的宁静呢？是满满的，而又静悄悄的月光。或者也可以说，是诗人强大而又丰盈的精神世界。所以有人说，这首诗是五言的《离骚》，其实就是说，你可以当它是就事论事，也可以当它是延续了《离骚》用香草美人做政治比拟的传统。但无论如何，你都会觉得，它是那样高华，那样宁静，那样余韵悠长，这就是可望而不可即的九龄风度。

杜甫《赠卫八处士》（逢友）

　　别友是苦味的，怀友是涩味的，而旧友重逢呢？一定是甜味的吧？但是且慢下结论，甜归甜，可它有没有混合着多年沉淀下来的苦和涩呢？请看杜甫这首以久别重逢为主题的《赠卫八处士》。

赠卫八处士

杜甫

人生不相见，动如参与商。今夕复何夕，共此灯烛光。

少壮能几时，鬓发各已苍。访旧半为鬼，惊呼热中肠。

焉知二十载，重上君子堂。昔别君未婚，儿女忽成行。

怡然敬父执，问我来何方。问答未及已，儿女罗酒浆。

夜雨剪春韭，新炊间黄粱。主称会面难，一举累十觞。

十觞亦不醉，感子故意长。明日隔山岳，世事两茫茫。

处士：指隐居不仕的人。

动如：动不动就像。

父执：父亲的朋友。

罗：罗列酒菜。

间（jiàn）：掺和。

黄粱：即黄米。

故意长：故交的情谊深长。

十觞亦不醉，感子故意长。明日隔山岳，世事两茫茫。

今天的人，东奔西走已经是常态了。我们出于求学、工作、婚姻等各种原因离开家乡，离开熟悉的生活，投身新的环境，结交新的朋友，自己也在不知不觉中，变成了一个新的人。那曾经情投意合的发小，曾经形影不离的闺密，都慢慢地被我们封存到了记忆深处。如果有幸重逢，会蓦然发现，眼前这个人和我们记忆中的那个他，几乎像是两个人，那此刻的自己和当年的自己，又该有多大的差别呢？抚今追昔，真是悲欣交集。现在的同学会，不是常常会让人有这样的感慨吗？杜甫这首《赠卫八处士》讲的就是这种情景。卫八处士是谁？我们已经不能确切知道了，只能从诗题判断，此人姓卫，排行第八，一辈子没有做过官。我们还知道，此人是杜甫青年时代的好友，开元盛世的后期，两人有过一阵子意气相投的少年游，再次相见，已经是二十年以后了。那时候，安史之乱刚刚进入第三年，远没有结束。社会动荡，诗人又被贬官，正是百事不顺的时候。时代的乱离和人生的聚散交织在一起，这样的重逢，该怎么写呢？看杜甫的。

先看前四句："人生不相见，动如参与商。今夕复何夕，共此灯烛光。"人生就是这样无奈，明明是好朋友，却像参星和商星一样，此出彼没，总不能相见。诗的一开头，起得就奇。奇在哪里？它把普通人的人生感慨一下子拉到了宇宙星辰的高度。为什么要说到参星和商星？因为这两颗星在黄道的东西两端，商星从东方升起的时候，参星正好没于西方，两颗星此起彼落，永不相见。问题是，一颗升起、一颗落下的星星也不只参星和商星，为什么非要用这两颗星星来比喻呢？因为根据《左传》的说法，这两颗星其实是上古五帝之一高辛氏的两个儿子，兄弟俩整天打架，于是高辛氏就把大儿子分封到了商，就是今天的河南商丘，主管商星；把二儿子分封到了大夏，就是今天的山西太原，主管参星，让兄弟俩永不相见，就像这两颗星一样。所以，"参商"又有不和睦的意思。可是，诗人和卫八处士并非素不相能，恰恰相反，他们明明是非常要好的朋友，却也不免像参星和商星一样，凑不到一起，这不就是造化弄人吗？所以说，这首诗的开头就已经渲染出一种人生的无力感。这种无力感不是属于哪个人的，而是属于所有人的，是一种人生常态。

可是，也正因为有这种不如意的人生常态，接下来的两句才会如此动人："今夕复何夕，共此灯烛光。"今晚到底是什么好日子？我居然能够和你坐在了同一盏灯光下！今夕何夕，这真是一个古老的感慨，《诗经·绸缪》里就说："今夕何夕，见此良人！"今夕何夕，这是一种令人难以置信的喜悦，就像说：这是真的吗？我是不是在做梦？那"共此灯烛光"呢？诗人进门的时候，已经是晚上了，多年不见的友人飘然而至，卫八处士也觉得难以置信，一定会举着灯烛，照了又照，如梦如幻。那从诗人的角度来看呢？入夜时分，天涯羁旅，本来是凄凉的，可是这次投宿的不是旅店，而是朋友的家，是朋友的烛光照亮了自己，这又让人觉得多么温暖啊。"人生不相见，动如参与商。今夕复何夕，共此灯烛光。"读着这两句，就连我们都会感觉到久别相逢，真是喜出望外，暖在心头。

接下来呢？"少壮能几时，鬓发各已苍。访旧半为鬼，惊呼热中肠。"久别重逢的激动过去了，细细打量，悲从中来。原来大家都老了！当年分别的时候，还是翩翩少年，再次相见，诗人也罢，朋友也罢，都已两鬓苍苍！前两年，不是有一首非常流行的歌曲《时间都去哪儿了》吗？所谓"少壮能几时，鬓发各已苍"，就是歌里所唱的"时间都去哪了？还没好好感受年轻就老了"，这种对于时间流逝、岁月无情的感慨，古往今来，概莫能外。自己老了，卫八处士也老了，那当年的朋友们呢？问问这个，没了；问问那个，也没了。"访旧半为鬼"，一问之下才知道，当年的青葱少年竟然已经有一半成了泉下之鬼。这样的答案，一般人都会觉得难以接受，何况是多情的诗圣杜甫呢？问一声，叹一句，心里翻江倒海，如烈火焚烧。这就是"惊呼热中肠"。当年汉武帝说"少壮几时兮奈老何"，曹丕也说"亲故姓名，半为鬼录"。人到中年，本来就难免亲朋凋零的悲哀，何况诗人还赶上了安史之乱！时代的悲剧放大了人生的悲剧，让人不由得不"惊呼热中肠"。

"共此灯烛光"是热的，"访旧半为鬼"是冷的，刚一见面，诗人心里已经是冷热交织，悲喜交加了，那接下来呢？"焉知二十载，重上君子堂。"死去的已经死去了，那就更应该珍惜眼前的朋友。所以，诗人的视线又回到当下。真没想到时间过了二十年，我还能再踏入你家的厅堂。从这两句话开始，悲喜交加的见面结束了，诗人也罢，卫八处士也罢，要放下当年的话题，体味一下彼此现在的生活了。

现实是什么情况呢？下四句："昔别君未婚，儿女忽成行。怡然敬父执，问我来何方。"当年分别的时候，你还没有结婚，如今重逢，你都已儿女成行了！其实，这还是在呼应前面那句"少壮能几时"，孩子是最容易让人产生年龄感的，孩子们都长大了，我们能不老吗？这不也正是我们今天见到老朋友时，最常有的感慨吗？看朋友的孩子，就仿佛看当年的朋友吧，诗人亲切地看着卫八处士的孩子们。孩子们呢，也非常懂事，恭恭敬敬地拜见父亲的老朋友，亲热地问诗人从何而来。真是一幅温暖的画面。

到这里，接着应该怎么写？既然都提到了孩子们的问题，一般人大概会接着写自己从哪里来，到哪里去吧。可是杜甫什么也没说，而是用"问答未及已，儿女罗酒浆"一笔带过了，真利落，真干净。为什么一笔带过？这才是真实的生活啊。咱们中国人最实在了，客人来了，第一件事是张罗吃饭，所以，这个时候的问和答都是匆匆忙忙的。而且，儿女对父亲的朋友，真有那么大的兴趣吗？肯定是礼貌大于兴趣吧。在这种情况下，做父亲的当然要让他们赶紧去张罗饭，把真正聊天的时间留给自己。其实，这句话还有另一种写法，叫"驱儿罗酒浆"，个人觉得更好。想想看，孩子还在你一言我一语地问候，父亲就开始赶他们了：别围着杜叔叔了，赶快去打酒，让我和杜叔叔好好喝一杯！想一想，这样的场景是不是如在眼前？

孩子们去张罗酒了，可是光有酒还不够，旅途的劳累，需要踏实的饭来安顿。给诗人吃什么呢？接下来的两句诗相当经典："夜雨剪春韭，新炊间黄粱。"诗人突然到来，卫八处士家里没什么储备，外面偏偏又下起了雨，怎么办呢？幸好，自家菜园种着韭菜，就冒着雨到园子里割一把韭菜下饭吧。掺着黄米的二米饭刚刚煮好，又热又香。这两句看起来真像是写实吧？其实也有典故。什么典故呢？东汉名士郭泰在洛阳一边念书一边种地，有一天傍晚，大雨滂沱，他的好朋友范逵忽然来访，郭泰就冒着雨到地里，割韭菜款待范逵。杜甫其实是在拿郭泰和范逵的故事比拟卫八处士和自己：同样的好友，同样的春天，同样的雨夜，同样的情义。但是，这两句写得真好，比原来的典故漂亮多了。按照原来的典故，郭泰是用韭菜给范逵下面条吃，这当然也好，但哪有"夜雨剪春韭，新炊间黄粱"漂亮！韭菜是绿的，还带着冷雨；而黄粱是黄的，还冒着热气。一绿一黄，一冷一暖，多美的搭配！不是珍馐美味，却是家的味道，让人觉得那么踏实。古往今来，还有比这更温暖人心的吗？

　　酒暖了，饭好了，这时候，作为主人的卫八处士举起了酒杯："主称会面难，一举累十觞。"卫八处士说，时逢乱世，见面不易。咱们就多喝几杯吧，接着自己一连干了十杯。"十觞亦不醉，感子故意长。"连干十杯也不醉，是因为酒量大吗？当然不是。那是因为主人的心意太诚，感慨太深，一切都在酒里，所以，才这样一杯一杯复一杯。这不是不醉，是不惜醉呀！主人是这样，那诗人呢？所谓"感子故意长"，就是我感动于你对老朋友是如此情深意长。既然深受感动，诗人必定也是一醉方休了！本来，从"昔别君未婚，儿女忽成行"，一直到"夜雨剪春韭，新炊间黄粱"，气氛都是温暖的，甚至是热闹的。但是不知道为什么，说到两个人喝酒，本来应该是更热闹的场景，我们的心反倒有点儿往下沉了。为什么呢？

看最后两句："明日隔山岳，世事两茫茫。"明天我就要越过华山，踏上新的旅途，咱们两个之间，将再次隔水隔山。世事难料，后会也难期了！原来问题出在这儿，欢乐仅仅属于今宵，明日一别，后会难期，怪不得刚才的酒里，会有一点儿拼醉的沉痛感了。这真是说不尽的感慨呀，跟开头又呼应得那么严整。开头是什么？"人生不相见，动如参与商。"结尾呢？"明日隔山岳，世事两茫茫。"这样的聚少离多不是我们两个人的事，这就是人生，这就是世事。一种人到中年以后才能体会到的巨大苍凉感一下子就笼罩了我们。这就是老杜的沉郁顿挫。聚散不常，别易会难，经历了安史之乱的诗人固然感受更深，但是，就算我们，也会情不自禁地产生代入感，为之深深感动吧，这就是诗的力量。

乡 情

乡情是蓝色的吧？"蓝水远从千涧落，玉山高并两峰寒"，那是关中的风土；"日出江花红胜火，春来江水绿如蓝"，那是江南的味道；"浆向蓝桥易乞，药成碧海难奔"，连神仙都有一个名叫"蓝桥"的家乡。蓝色让人宁静，宁静中带着点儿忧郁，那一点儿忧郁就是乡愁，在春草生的时候，在明月圆的时候，在"近乡情更怯"的时候，也在"笑问客从何处来"的时候。

崔颢《黄鹤楼》（思乡）

中国古代的名楼，不仅仅是建筑学意义上的有名，而是像刘禹锡所说的："山不在高，有仙则名。水不在深，有龙则灵。"岳阳楼有"先天下之忧而忧，后天下之乐而乐"的情怀，滕王阁有"落霞与孤鹜齐飞，秋水共长天一色"的景观，鹳雀楼有"欲穷千里目，更上一层楼"的豪迈，那黄鹤楼呢？黄鹤楼有崔颢挥笔、李白低眉的传奇，足矣！

黄鹤楼

崔颢

昔人已乘黄鹤去，此地空余黄鹤楼。

黄鹤一去不复返，白云千载空悠悠。

晴川历历汉阳树，芳草萋萋鹦鹉洲。

日暮乡关何处是？烟波江上使人愁。

空悠悠：深，大的意思。悠悠：飘荡的样子。
历历：清楚可数。
萋萋：形容草木茂盛。
乡关：故乡。
烟波：暮霭沉沉的江面。

这首诗写得太好了，好到什么程度？好到诗仙李白亲自给它打了广告。根据元代辛文房《唐才子传》记载，李白壮年时到处游山玩水，也到处题诗。他游到湖北黄鹤楼时，诗兴大发，正想题诗留念，忽然抬头看见楼上崔颢的《黄鹤楼》，看完之后连称："绝妙！绝妙！"写下了四句"打油诗"："一拳捶碎黄鹤楼，一脚踢翻鹦鹉洲。眼前有景道不得，崔颢题诗在上头。"然后就此搁笔，悻悻而去。所以，黄鹤楼现在还有搁笔厅，纪念这件事。

这个说法是不是真的呢？半真半假。假的部分是那首打油诗，明朝文学家杨慎，就是"滚滚长江东逝水，浪花淘尽英雄"的作者，已经考证出来了，这首打油诗其实是一个禅师写的，李白本人并没有说过"眼前有景道不得，崔颢题诗在上头"。这是假的部分。

但是也有真的。什么是真的呢？李白对这首诗佩服得五体投地是真的。李白也写过黄鹤楼，而且有两首非常有名，一首是《送孟浩然之广陵》："故人西辞黄鹤楼，烟花三月下扬州。孤帆远影碧空尽，唯见长江天际流。"另一首是《与史郎中钦听黄鹤楼上吹笛》："一为迁客去长沙，西望长安不见家。黄鹤楼中吹玉笛，江城五月落梅花。"但是这两首诗都是绝句，不是律诗，而且这两首诗虽然写到黄鹤楼，但都是借题发挥，借景抒情，与黄鹤楼本身关系不大。所以，要说崔颢题诗之后，李白不敢再直接写黄鹤楼，是可以成立的。

更有说服力的是什么呢？李白虽然没有写黄鹤楼，但是他写了《鹦鹉洲》。只看前四句就知道了："鹦鹉来过吴江水，江上洲传鹦鹉名。鹦鹉西飞陇山去，芳洲之树何青青。"是不是和崔颢的句式完全一样？这是干什么呀？这就是模仿啊，为什么模仿？崇拜呀。就跟现在偶像穿了一件衣服，粉丝们也买一件同款的是一个道理。让大诗人李白都这么崇拜，当然能说明这首诗好，好到什么程度呢？南宋大文学评论家严羽《沧浪诗话》说："唐人七言律诗，当以崔颢《黄鹤楼》为第一。"在诗人辈出的唐朝，能评上第一，这就不得了了。

这首诗究竟好在哪儿。先看前四句："昔人已乘黄鹤去，此地空余黄鹤楼。黄鹤一去不复返，白云千载空悠悠。"黄鹤楼之名因为黄鹤而起，而黄鹤的传说，在历史上有两则，一是仙人子安骑鹤，另一则是三国名臣费祎费文伟驾鹤登仙。两位仙人的故事就是黄鹤楼的来历。我们现在旅游，只要是人文景点，都会自然联想到景点的来历，比如看到姜女庙，就会想到孟姜女哭长城；看到少林寺，就会想到十三棍僧救唐王，这是人之常情。崔颢也一样。他登临黄鹤楼，立即想起了神仙驾鹤的故事，然后这四句诗就奔涌而出了。

"昔人已乘黄鹤去，此地空余黄鹤楼。黄鹤一去不复返，白云千载空悠悠。"黄鹤到底有没有？神仙到底有没有？就算有吧，它们也终究是一去不复返了。地上只剩危楼高耸，天上只有白云孤飞。抚今追昔，斯人不在，是耶，非耶，亦幻亦真耶？四句诗一气呵成，一种茫茫渺渺的苍凉感立刻扑面而来。正是因为这四句太顺畅、太自然了，所以，可能让人根本没有意识到，黄鹤这个词出现三次了。要知道，这是一首七言律诗，这样的言语重复本来是格律诗的大忌，而且平仄也完全不对。但是，就是因为它气韵连贯，有如行云流水，所以没有人觉得不妥。这就是《红楼梦》里，林黛玉跟香菱讲诗的时候说的，"若是果有了奇句，连平仄虚实不对都使得的"，这就是不以词害意。

接下来，从思接千古要回到现实中来了。现实中诗人在哪里呀？在黄鹤楼上。登高临远，俯瞰滔滔江流、莽莽平川，他看到了什么景象？看到的是一派明媚春光。这就是"晴川历历汉阳树，芳草萋萋鹦鹉洲"。先极目远眺，春日的暖阳照耀之下，对面汉阳平原的春树历历可数；再往近处看，江心的鹦鹉洲上，只见一片芳草萋萋。这景色太美了。长江江面的银色、大树的碧色、洲上芳草的无边翠色，往上看还有长天的蓝色、云彩的白色，整个笼罩在阳光带来的一片明亮之中。这是色彩美。这个音韵美不美？美呀！"黄鹤""复返"是双声，就是声母相同；"此地""江上"是叠韵，就是韵母相同；再加上"悠悠""历历""萋萋"这样的叠音词，整首诗就显得特别清朗，特别铿锵，不看色彩，只听声音，也像春天一样。

从追忆写到现实，从渺渺茫茫写到历历在目，该收尾了。怎么收呢？"日暮乡关何处是？烟波江上使人愁。"诗人本来是白天登楼的，因为景色太美，流连不去，不知不觉已经到了薄暮时分。薄暮冥冥，江上笼罩了一层轻烟。这时候应该是倦鸟归林了吧，那在外面飘荡的游子呢？难道不会自然而然地生出思乡之情吗？"江山信美，终非吾土"呀。其实不用等到薄暮冥冥，就在诗人俯视芳草萋萋的时候，乡愁已经油然而生了。为什么呀？因为《楚辞·招隐士》说："王孙游兮不归，春草生兮萋萋。"诗人为什么要写"芳草萋萋鹦鹉洲"？因为《招隐士》这句话，这种情感，已经在他心里生发出来了。所以说，乡愁就像一颗种子，始终种在心里，看到芳草萋萋的时候，这颗种子已经萌动了，到了烟生江上的时候，这颗种子就破土而出，于是，一种渺渺茫茫，抓不住但是也赶不走的乡愁，就一下子把诗人笼罩了！

山不在高，有仙则名。水不在深，有龙则灵。斯是陋室，惟吾德馨。

整首诗从渺渺茫茫开始，到中间的历历如画，再归于最后的渺渺茫茫，从天上，到人间，再到天上，一派自由自在，一派行云流水，真是翩若惊鸿，矫若游龙，绝对是神来之笔，盛唐气象。

说到这儿，我特别感慨才子和江山的关系。才子一定要饱览大好河山，才能吸收山水的灵秀之气，创作出动人的作品，这就是汤显祖所说的"红烛迎人，俊得江山助"。但是，江山如果没有才子吟咏，也会容光失色。中国所谓四大名楼——鹳雀楼、岳阳楼、滕王阁、黄鹤楼，如果没有那些著名的诗文，怎么会有如今的影响力？这就是刘禹锡所谓的"山不在高，有仙则名。水不在深，有龙则灵。斯是陋室，惟吾德馨"。

李白《关山月》（思乡）

登楼思乡是一大主题，还有一大主题，是望月思乡。这和望月怀人是一个道理，那么远的家乡，只有月光到得了，那么深的思念，"除却天边月，没人知"。

关山月

李白

明月出天山，苍茫云海间。

长风几万里，吹度玉门关。

汉下白登道，胡窥青海湾。

由来征战地，不见有人还。

戍客望边邑，思归多苦颜。

高楼当此夜，叹息未应闲。

下：指出兵。

窥：有所企图，窥伺，侵扰。

由来：自始以来。

戍客：驻守边疆的战士。

高楼：古诗中多以高楼指闺阁，这里指戍边兵士的妻子。

明月出天山，苍茫云海间。长风几万里，吹度玉门关。

月亮是中国古典诗词中的一个大主题，历朝历代，无数诗人骚客曾经吟风弄月，寄情风月。在所有的诗人里，李白跟月亮的缘分最深。他一共留下来差不多一千首诗，写到月亮的就有三百二十多首，比写到酒的还多。小时候，天真烂漫，是"小时不识月，呼作白玉盘"；长大了，豪情满怀，是"俱怀逸兴壮思飞，欲上青天揽明月"；知己难求，孤独了，是"举杯邀明月，对影成三人"；半生漂泊，思乡了，是"举头望明月，低头思故乡"。写月亮漂亮，是"月下飞天镜，云生结海楼"；写月亮多情，是"暮从碧山下，山月随人归"。最豪迈的，是"人生得意须尽欢，莫使金樽空对月"；最婉约的，是"却下水晶帘，玲珑望秋月"，最感慨的，则是"今人不见古时月，今月曾经照古人"。写了一辈子月亮，给儿子取名都叫"明月奴"。所以，当李白走到生命尽头的时候，人们编故事说，他喝醉了酒，非要到水中捞月亮才死的。这样看来，李白和月亮，真是生死相依。

《关山月》在李白的咏月诗中也是名篇。《关山月》本来是乐府旧题，属于汉乐府的"横吹曲"。《乐府古题要解》给它的注解是："关山月，伤离别也。"既然是伤离别，主体基调自然是缠绵哀伤，可是，李白气魄大呀，到他这里，一切就不一样了，伤离别固然还是伤离别，但是，伤得雄壮沉痛，有太白风骨。什么叫太白风骨呢?

先看前四句："明月出天山，苍茫云海间。长风几万里，吹度玉门关。"这四句是什么? 是点题。明月、天山、玉门关，这不就是题目的关山月吗? 而且还追加了两个意象，一个是苍茫云海，一个是万里长风。明月、天山、云海、长风、玉关，这几个意象叠加在一起，唐朝西北边塞苍茫雄壮的感觉立即就出来了。为什么一定是西北边塞呢? 这就涉及天山和玉门关这两个关键地理名词了。天山在哪里? 天山不是今天的新疆天山，而是指今天横亘甘肃、青海两省的祁连山，这里在秦汉时期是匈奴人的地盘，因为匈奴人管天叫祁连，所以祁连山翻译成汉语，就是天山。那玉门关又在哪里呢? 玉门关在今天甘肃敦煌西北，正当扼守丝绸之路的咽喉要道，也是人们心目中中原和西域的分界线。这两个标志性的地名一出现，我们心中立刻自动升腾起一种苍凉的感觉，这就是边关。

西北关山的月亮到底是什么样的呢? 李白说："明月出天山，苍茫云海间。"看到这句"明月出天山"，会不会立刻想起张九龄的"海上生明月"? 一个在山上，一个在海上，气魄都那么宏大。但海是低平的，山是高耸的，海是流动的，山是凝固的，山比海更有硬度。所以看"海上生明月"会觉得阔大，而看"明月出天山"，会觉得硬朗。天山不是大海，但天山之上，是波翻浪卷的苍茫云海，一轮明月，就在这云海中穿行，这就是"明月出天山，苍茫云海间"，多像一个硬汉版本的"海上生明月"呀，不仅宏大，而且壮美。月亮在天山上，那望月的人在哪里？望月的人，应该在天山的西边。为什么一定是在西边？因为我们经常说月上东山，或者说月出东海。月亮是从东边升起的。望月的人看见明月出天山，那么，他一定身处天山以西，那是远离中原内地的西北边疆。此时此刻，面向明月，面向天山，其实就是面向中原，面向家乡，思乡之情已经在不言中了。

"明月出天山，苍茫云海间。"起句的场景这么壮阔，怎么往下接呢？一般人还真驾驭不了，所以往往就会转向抒情。但李白不一样，他笔力雄健，接了两句更壮阔的："长风几万里，吹度玉门关。"从高高明月，写到了猎猎长风。"长风几万里"，这个数字太惊人了，所以南宋诗论家杨齐贤帮着李白做算术，说玉门关到天山没有那么远，然后就猜测，这几万里是不是指从玉门关到月亮的距离。如此论诗未免太老实了吧？李白是浪漫主义诗人，连白发都能长三千丈，"长风几万里"当然更是不在话下。而且，就算是真算路程，也不应该从祁连山往玉门关算，而是要算从中原到玉门关的距离呀。前面说过，这望月的戍卒身处极西的边陲，他面向东方，不仅看到了天山上的月亮，还感受到了从遥远的中原吹过玉门关的长风，这是来自家乡的风啊。这就是"长风几万里，吹度玉门关"，其实背后还是思乡。

可能有人会说，同样的玉门关，同样的风，为什么王之涣会写"羌笛何须怨杨柳，春风不度玉门关"，而李白则写"长风几万里，吹度玉门关"呢？因为两首诗立论基调不一样，王之涣是在极言边关苦寒，春风难到，而李白笔下的戍卒，可是在眼巴巴地望着家乡呢，他当然愿意相信，这风就是从家乡那边一路吹来的，它走了几万里路，才终于吹度玉门关，来到自己身边。把这四句诗放到一起："明月出天山，苍茫云海间。长风几万里，吹度玉门关。"气魄真雄壮，背后的思乡之情，也真深沉。

下四句："汉下白登道，胡窥青海湾。由来征战地，不见有人还。"既然那么思念家乡，为什么还要跑到这万里之外的边陲来呢？因为这里自古就是胡汉交战之地。"汉下白登道，胡窥青海湾。"这一联对得真好。所谓"白登道"，是指汉初的白登之围。汉高祖带领士兵征讨匈奴，就在白登山被包围了七天七夜。那"青海湾"呢？青海湾是唐朝和吐蕃反复争夺的地盘。一个汉下，一个胡窥，这就告诉我们，从天山到玉门关，自古就是胡汉两家必争之地，既然如此，戍卒当然要背井离乡，保家卫国。可是"由来征战地，不见有人还"，战争是何等残酷呀，从汉到唐，跨过玉门关的一代代戍卒，又有多少人能活着回到玉门关以内呢？王翰说"醉卧沙场君莫笑，古来征战几人回"，那是少年从军的豪迈；但是，李白"由来征战地，不见有人还"却像是老兵的叹息，这叹息里已经没有少年轻狂，而是带着生活的沉痛了。

从前四句的边关写到中间四句的战争，接下来呢？"戍客望边邑，思归多苦颜。高楼当此夜，叹息未应闲。"这四句，是从战争写到人了。"戍客望边邑，思归多苦颜"，戍边的兵卒望着自身所在的边城，想着魂牵梦绕的家乡，脸上浮现出愁苦的神色。这不就是范仲淹《渔家傲·塞下秋来风景异》的意象吗？"浊酒一杯家万里，燕然未勒归无计。羌管悠悠霜满地。人不寐，将军白发征夫泪。"范仲淹的"将军白发征夫泪"，其实也就是李太白的"思归多苦颜"。戍卒在边关思念家乡，思念亲人。那他们的家人呢？毫无疑问，家人也在盼望着他们呀。李白的《春思》不是说吗，"当君怀归日，是妾断肠时"。亲人的心是息息相通的。面对着天山上那一轮明月，戍卒的脸上露出凄苦的神色，他不由得推想，在万里之外的家乡，他的妻子此时此刻也一定在妆楼之上凭栏远眺，发出深深的叹息吧。这就是"高楼当此夜，叹息未应闲。"明月跨越了万里，长风跨越了万里，思念跨越了万里，叹息也跨越了万里，伤离别的情绪，就在这跨越万里的宏大背景下，显得格外深沉。这样的深沉壮阔，就是太白风骨。

李白是浪漫主义诗人，他的诗风豪迈飘逸，他的为人更是有侠客风范。但是，这首《关山月》却不是豪迈飘逸的，而是浑雄沉重的。它也并不好战，相反，它深深地同情那些为战争付出沉重代价的人，在壮丽的文采之外，还闪耀着儒家人道主义的光辉。

宋之问《渡汉江》（还乡）

思乡是游子的情，还乡则是游子的梦。这梦，想起来是那么美妙，而一旦梦想成真，游子的心情却又那么复杂。宋之问的还乡诗《渡汉江》写的就是这种情形。

渡汉江

宋之问

岭外音书断，经冬复历春。

近乡情更怯，不敢问来人。

音书：即音信。
来人：渡汉江时遇到的从家乡来的人。

　　宋之问这个人，在政治史上评价不高，在文学史上评价不低。政治史评价不高，主要是因为他先是在武则天时期阿附张易之、张昌宗兄弟，唐中宗时期又巴结武三思和安乐公主，政治上屡屡站错队，所以最后被唐玄宗赐死在流放地钦州，客死异乡，未得善终。

　　文学史评价不低，是因为他是唐前期的大诗人，对中国格律诗的发展做出了巨大贡献。宋之问和初唐另外一位大诗人沈佺期合称"沈宋"。之所以把他们两人放在一起，是因为这两个人通过各自的创作，总结出了律诗的基本规律。要知道，律诗在中国叫作近体诗，它发源于南朝的永明体，但是比永明体进步多了。进步在哪儿呢？永明体讲究"四声八病"，所谓四声，就是平上去入四声，所谓八病，就是指在运用四声的时候可能犯的八种毛病。这个总结很好，但是太复杂。宋之问和沈佺期的功劳在哪儿呢？他们把四声八病进一步总结为平仄规律，原来的平声就是平，而上、去、入都归入仄声。讲诗词的格律，其实就是讲平仄。这个发明不得了，从此，中国的格律诗就定型了，我们现在写格律诗，还得依照沈宋两个人的路子，所以律诗又叫"沈宋体"。这是一个了不起的贡献。

　　当然，光讲这些，还是不能让人真正感受到宋之问的水平。再讲两个小故事。

一个故事叫龙门赋诗夺锦袍。武则天晚年，在洛阳龙门举办赛诗会，参赛的大臣谁第一个写完，谁就是第一名，赐一套锦袍做奖品。结果有一个叫东方虬的人先写完了，把诗卷交给武则天，兴冲冲地领了锦袍。没想到，他落座未稳，宋之问也交卷了，武则天一看，宋之问这首诗真是文理俱美，和他一比，东方虬那首太小儿科了。怎么办呢？武则天当机立断，从东方虬那里把锦袍一把夺过，重新赐给宋之问。这件事太有戏剧性了，也成为唐朝诗坛一段著名的佳话。

再讲一件事。武则天后来不是被儿子唐中宗赶下皇位了吗？大唐复国，但是社会风气并没有改变，皇帝还是喜欢赛诗。有一年的正月三十日，唐中宗在皇家湖泊昆明池大宴群臣，自己先写了一首诗，然后让大臣们都来和，还让唐朝第一才女，也是当时的内宰相上官婉儿当评委，选出一个第一名。只见上官婉儿拿着诗人们交上来的稿子，随看随扔，诗稿像雪片一样纷纷落下。最后，只剩下沈佺期和宋之问两人的稿子。刚刚说过，这两个人本来就势均力敌，到底谁更好呢？片刻沉吟之后，上官婉儿把沈佺期的稿子扔了下来，宋之问又是第一。为什么呀？因为这两首诗前面水平相当，但最后一句分出了高下。沈佺期的最后一句是："微臣雕朽质，羞睹豫章材。"我是一个不成器的人，在众多高人面前真觉得羞愧，这话说得真丧气。更重要的是，这是应制诗啊，要颂圣的，你怎么说到自己了呢？这当然不好。那宋之问最后一句怎么写的？他写："不愁明月尽，自有夜珠来。"这就不一样了。为什么要说明月尽？因为是正月三十，没月亮呀，这是点题。那为什么"不愁明月尽"呢？因为"自有夜珠来"。这可是一个著名的典故。当年汉武帝开凿昆明池，救了一条大鱼，后来大鱼就送给他一对夜明珠报恩。所以这句话既是点昆明池的题，又是把唐中宗比成了雄才大略的汉武帝，唐中宗得多高兴啊。这一联诗，既点到了时间地点，又恭维了皇帝，还写得气象高华，怎么可能不得第一呢！

我为什么要讲这么多关于宋之问的故事呢？其实就是想说，这是一个典型的才子型官员，根基不深，政治敏感度不强，但是，在一个崇尚文学的时代，偏偏走上了政治道路。若是承平时代也罢了，当个高级弄臣就好，他却偏偏赶上了从武则天到唐玄宗这一段著名的乱世。乱世之中，他看不清形势，却又不甘寂寞，偏要出头，最后只能落得一个悲剧性的结局。这首《渡汉江》，其实就和宋之问的政治悲剧直接相关。

先看题目《渡汉江》。汉江是长江最重要的一条支流，发源于陕西，从北面汇入长江。宋之问为什么要渡汉江呢？前面不是说过，他在武则天后期巴结二张兄弟吗？唐中宗神龙政变后，二张被杀，他也被贬官岭南，当了泷州参军。泷州在今天的广东罗定市，当时是瘴疠之地，贬官到那里，真是九死一生。宋之问是大才子，不甘心就这么糊里糊涂地死去，所以在神龙二年（706）的春天，他就悄悄地逃跑了。往哪里逃呢？往洛阳逃。洛阳既是宋之问的家，也是当时的政治中心。宋之问从泷州回洛阳，跟杜甫从剑南回洛阳一样，都要过襄阳，所以这首《渡汉江》，其实是指经过汉江的襄阳一段。船行至此，杜甫要写"便下襄阳向洛阳"，宋之问也要写《渡汉江》，为什么诗人们对这个地方如此敏感呢？因为在历史上，襄阳属于中原文化和江南楚文化的交汇点，过了襄阳，就属于中原，也就有点到家的感觉了。那么，这到底是一种怎样的心情呢？

先看第一句"岭外音书断"。别小看这五个字，它一连写了两个重大挫折。第一个重大挫折是岭外。所谓"岭外"，就是五岭以南，包括今天的两广地区以及海南省。这片区域在唐朝还属于蛮荒之地，诗人一下子从京城被贬到这样的地方，内心当然苦闷，这是第一个挫折。第二个挫折是"音书断"，就是跟家乡断绝了联系。古代本来通信不发达，杜甫不也感慨"寄书长不达"吗？何况是岭南地区，山重水复，当然更难联络。诗人远贬边陲，又没了家乡的音信，彼此生死未卜，这不是更大的悲剧吗？所以说，短短的五个字，却涵盖了两个重大的挫折，非常凝练。

再看第二句"经冬复历春"。第一句讲空间的悲剧，这一句讲时间的悲剧。诗人被贬岭南，和家人失去联络多久了呢？经过了一个冬天，又经过一个春天。本来，诗人都是敏感的，所以《诗经》才会写"一日不见，如三月兮；一日不见，如三秋兮；一日不见，如三岁兮"。一天的分离都那么痛苦，何况是"经冬复历春"！这句诗一出来，诗人的痛苦又深了一重。"岭外音书断，经冬复历春"，十个字，空间的阻隔，时间的漫长，诗人的痛苦和牵挂都已表露无遗，看起来平平常常，没有惊人之语，但是却凝练而干净。

第三句"近乡情更怯"。这句诗太有意思了。过了汉江，离家乡就近了。诗人不是日夜思念家乡吗？现在离家近了，应该是什么心情？应该是非常急切，恨不得一步就迈进家门吧？杜甫所谓"即从巴峡穿巫峡，便下襄阳向洛阳"，不就表现了这种归心似箭的心情吗？如果真的是这样，那"近乡情更怯"就应该是迫切的"切"，诗人为什么用胆怯的"怯"呢？这就是人心的复杂呀。诗人当然盼望立刻见到亲人，但是，毕竟已经是"岭外音书断，经冬复历春"了，自己贬官，家人有没有受到牵连，他们都还好吗？日日夜夜的思念其实也就是日日夜夜的担忧，这样就形成了既想回家，又怕回家的矛盾心理。而这种心理在渡过汉江，离家乡越来越近的情况下变得突出起来，不祥的预感似乎就要变成残酷的事实。在这种情况下，敏感的诗人怎么可能不胆怯呢？这个"怯"字，用得真好。

那么，这种胆怯是怎么表现出来的呢？最后一句"不敢问来人"。就在诗人焦虑不安的情境下，有人从家乡的方向走过来了。这时候诗人的第一反应是什么？是问啊。既然那么担心家人，就一把抓住那人，问他吧：你是从洛阳来的吗？你知道洛阳的宋之问家吗？他家的田庄都在吧？他家老太太还硬朗吧？他年轻的妻子没有改嫁吧？一千个问题涌到了嘴边。王维不是说"君自故乡来，应知故乡事。来日绮窗前，寒梅著花未？"这就是问了呀。那么宋之问到底问了没？没问，因为他不敢问。万一，他的担心都成了现实呢？在岭南，他日日夜夜做着和亲人团聚的梦，万一这个梦破灭了呢？他越想知道，就越怕知道，越是爱，就越是怕。杜甫《述怀》诗不是也说过类似的心情吗？"自寄一封书，今已十月后。反畏消息来，寸心亦何有？"所谓"反畏消息来"，不就是"不敢问来人"吗？即便是今天，我们也不乏这样的体会。比如考试发布成绩的时候；

或者亲人推进手术室，而医生向我们走来的时候；再或者，多年不见的老朋友即将见面的时候：心情不也是"近乡情更怯，不敢问来人"吗？诗人贬官岭南的遭遇是个体的，但是，诗人表达出来的情感却具有普遍性，这才能引发我们千载之后的强烈共鸣。

《红楼梦》里，香菱跟黛玉论诗的时候说过："诗的好处，有口里说不出来的意思，想去却是逼真的。有似乎无理的，想去竟是有理有情的。"所谓"近乡情更怯，不敢问来人"正是如此，看似无理，其实有情，而且，越想越逼真，越想越贴切。这样曲折的心情，用这样凝练的字句表达出来，乃至最后就凝练成"近乡情怯"这样一个成语，这就是宋之问的本事。让人不由得感慨，这样的人，要是能不问政治，单纯地当一个诗人，多好。

贺知章《回乡偶书》（还乡）

还乡真是一个复杂的主题。想要回家的时候，是杜甫的"白日放歌须纵酒，青春作伴好还乡"，何等兴高采烈！回家的路上，是宋之问的"近乡情更怯，不敢问来人"，又是何等忐忑！那么，如果一个人少小离家，老大还乡，重新踏上家乡土地的那一刻，又会是怎样的心情呢？

回乡偶书

贺知章

少小离家老大回，乡音无改鬓毛衰。

儿童相见不相识，笑问客从何处来。

偶书：偶然写的诗。

鬓毛衰：指鬓毛减少，疏落。

相见：即看见我。

笑问：一作"却问"，又作"借问"。

贺知章是唐朝诗人中命运最好的一个，可谓"富贵寿考"。先说富贵。贺知章状元出身，官至秘书监，太子宾客，那都是三品的高官，相当于现在的部长。在唐朝的主要诗人里，仅次于张九龄、张说，比李翰林、杜工部高太多了。再说寿考。贺知章活到了八十六岁，就算拿到今天来说，仍然称得上高寿。这还不够。要知道，所谓"富贵寿考"这个说法，是从郭子仪那里来的。郭子仪虽然个人富贵寿考，但是他毕竟赶上了安史之乱。事实上，他的功名就来自平定安史之乱。国家陷于战乱之中，那么个人的幸福感肯定会大打折扣。但贺知章不同，他去世的时候是唐玄宗天宝三年（744），正是盛世的顶峰，四海承平，花团锦簇，时代的荣耀和个人的荣耀交相辉映，真是令人羡慕。

生逢盛世，仕途又顺风顺水，所以贺知章的性格潇洒快乐。除了写诗之外，他好饮酒，擅书法，还爱提携后辈。杜甫写《饮中八仙歌》，第一个就是贺知章"知章骑马似乘船，眼花落井水底眠"，贺老大人喝醉了酒，骑在马上东摇西晃，简直像坐船一样，一不留神掉到井里，连井水都没能让他清醒过来，反而直接倒在水里睡着了，这得醉到了什么境界！再说书法。贺知章跟草圣张旭是好朋友，也跟张旭一样，每次喝醉了酒才愿意写，写得潇洒狂放，被人称为"与造化相争，非人工所到也"。浙江绍兴的飞来石上有他写的楷书《龙瑞宫记》，日本皇宫还藏着他的草书《孝经》，都气势磅礴，神采飞扬。

至于说他提携后辈，就更著名了。谁不知道金龟换酒的故事啊？天宝元年（742），李白应诏入长安。在紫极宫（也就是老子庙）偶遇贺知章，拿出《蜀道难》给贺知章看。贺知章看完之后，连连赞叹，管李白叫"谪仙人"，拉着李白就去喝酒。两个醉神仙酒逢知己千杯少，一杯一杯复一杯。到了结账的时候才发现，谁都没带钱。怎么办呢？贺知章当场解下身上佩戴的金龟，当了酒钱。金龟是什么呀？所谓"金龟"，就是金龟袋，唐朝三品以上的高官才有资格佩戴，是身份的象征。可是，到贺知章这里，它也不过就是金子，能当钱花就行。这和居里夫人拿诺贝尔奖杯给孩子玩儿一样，是一种多么潇洒的人生态度呀。更重要的是，那时候，李白四十二岁，还是一介布衣；贺知章已经八十四岁了，年龄是李白的整整两倍，而且是三品的太子宾客，是长安文坛的领袖。在这种情况下，贺知章和李白倾盖如故，把臂言欢，这又是多么难能可贵的赤子之心呀。

我为什么要说这些呢？是想表明，贺知章一生愁少乐多。虽然官至秘书监，但这个官不管财政，不管人事，而是主管图书，算是清而又清的清流，所以他的人生是单纯的，性格是天真的，因此诗风也清新流畅，这首《回乡偶书》便是如此。

先看题目。所谓《回乡偶书》，就是回到家乡后信笔写下的诗。贺知章的家乡在越州永兴，就是现在浙江杭州的萧山区，他很小的时候迁居山阴，也就是现在的绍兴。天宝三年，贺知章辞去秘书监、太子宾客的职位，回到家乡山阴城外的道士庄，当了一名道士。这个事情在当时可是轰动一时。为什么呀？因为贺知章年高德劭，属于商山四皓级别的人物，所以告别仪式特别隆重。唐玄宗亲自写诗送别，还让皇太子率领文武百官出城送行，这都是超乎寻常的礼遇。另外，贺知章不是一般的告老还乡，他是回乡当道士的，这是超凡脱俗啊，怎么表达对老大臣的敬重呢？唐玄宗特意划出绍兴镜湖的一片水面，送给贺知章当放生池。这样说来，贺知章虽然穿着道士服，但却比一般意义的衣锦还乡还要风光。这种情境下的回乡，会有怎样的感想呢？是书写皇恩浩荡，还是感慨家乡的变化？看贺知章的。

第一句"少小离家老大回"。这句话，真是实情实景，没有一点雕琢。贺知章三十六岁考中进士，从此离开家乡。此后一直在京城做官，再次回到家乡，已经八十有六，中间相隔了整整五十年，真是"少小离家老大回"。可能有人会说，三十六岁是中年人了，怎么能说是少小离家呢？这就看你身处哪个年龄段了。你若是个十多岁的小朋友，说"我小时候"，可能是指七八岁，这时候，你看三十岁的人，会觉得很老。当你变成四十岁的中年人，再说我小的时候，很可能是指二十岁，而你口中的老人，总得有六十岁以上。等你到了八九十岁再回头看，四十岁也会变成我小时候，这就是人生啊。回到诗中来吧，"少小离家老大回"，这是句内对，以"少小"对"老大"，以"离"对"回"。当年离家时，还是风华正茂的青年才子，如今重返故园，已是垂垂老矣的耄耋老翁。同样一条道路，一来一回之间，时间已经过去了五十年，时间都去哪儿了？看似平常一句话，但是，有如当头一棒，让人感慨万端。

第二句"乡音无改鬓毛衰"。这句诗在讲什么？在讲这五十年的变与不变。不变的是什么？是乡音。即使在京城待了五十年，自己始终操着一口越州话，这乡音，就是家乡的胎记，是对自己越州人身份的深深认同啊。那变了的是什么？是容颜。当年离开，还是"玄鬓影"，如今回来，已是"白头吟"。这变与不变的背后包含着什么意思呢？这么多年了，我从来没有忘记家乡，但是家乡还记得我吗？把这两句话连在一起，我们仿佛已经看见老诗人了，他就走在通往家乡的官道上，看着熟悉而又陌生的风景，抚今追昔，感慨万千。紧接着，戏剧性的一幕出现了。

"儿童相见不相识，笑问客从何处来。"洒满了阳光的道路上忽然跑出了几个孩子。他们兴冲冲地看着眼前这位白发老翁，这老头儿看着眼生，是外乡人吧？于是，一个胆子最大的孩子笑着发问了："请问这位客人，您是从哪儿来的呀？"这两句话写得真轻松，真天真，但是，背后的内容真丰富，真沉重。对孩子来说，这就是信口一问，问完了也就完了。但是，对老诗人而言，却是重重的一击，自己在京城五十年，都以越州人自居，都觉得自己是"独在异乡为异客"，现在回到家乡，自己觉得自己是这片土地的主人，是叶落归根，没想到却被家乡的新一代当成了客人。在京城是越州人，回越州是京城人，融不进的京城，回不去的家乡，永远也摆脱不了的客人身份和心态，这不就是古往今来一代又一代游子的感慨吗？

这两句话一出来，整首诗一下就活了。这就叫背面敷粉，注此写彼。什么意思呢？所谓"背面敷粉"，是指不是一味地正面刻画自己所要描写的形象，那样很笨，费力不讨好，而是努力去写和它相对、甚至相反的形象，来映衬主体，使的是巧劲儿。就像这首诗吧，诗人本身才是描写的主体，可是，诗人根本没有费劲去写自己的所思所想，而是借儿童来写自己，借儿童的活力映衬自己的衰老，借儿童的欢笑映衬自己的悲哀，借儿童的有口无心映衬自己的无言以对，而且写得那么富有生活情趣，让人如闻其声，如见其情。若是一个阅历丰富的人，当然会从这快乐的场景里品出人生的哀愁；若是一个青葱少年，则会被这生活化的场景打动。全诗就在这有问无答处戛然而止，却又余韵悠长，久久不绝。这就是贺知章的本事，也是贺知章的超脱之处。前面说过，贺知章本来是衣锦还乡，可是，这些荣耀都被贺知章轻松地抛在脑后了，他既不对比家乡与京城的差异，也不怀念圣眷皇恩，他就和一般的游子一样，体味着属于游子的复杂心情。而且，就算体味到了，他也不大喊大叫，而是借儿童欢乐的一问一笔带过，不刺激，不过分，含蓄隽永，一切尽在不言中，这就是老人的通达了。

宦 情

宦情是紫色的。紫是华贵的颜色。"银烛朝天紫陌长，禁城春色晓苍苍"，大道通天，满朝朱紫，尽是人中龙凤。"独坐黄昏谁是伴，紫薇花对紫薇郎"，山登绝顶，纵然孤独，却也十足骄傲。但是，身着朱紫，不能只想着"春风开紫殿"，更不能时时"矜夸紫骝好"。或许，杜甫那种"不寝听金钥，因风想玉珂"的严肃态度才和紫色最般配，虽然他一生从未有过朱紫加身的荣耀。

贾至《早朝大明宫呈两省僚友》（上朝）

　　唐朝的官员真是风雅，连上班都能写成诗。而且，还不是乾隆皇帝那种味同嚼蜡的日记体口水诗，而是写得典雅高华，令人赞叹。更妙的是，因为官员们都是诗人，所以一旦有人开了头，立刻就有更多的人唱和起来，原本严肃的衙门也就成了热闹的赛诗台。贾至《早朝大明宫呈两省僚友》便是一首上班诗。这首诗一出来，立刻引来王维、杜甫和岑参的和诗。几大高手同题作诗，堪比华山论剑，令人悠然神往，而且忍不住要替他们分出一个高下来。

早朝大明宫呈两省僚友
贾至

银烛朝天紫陌长，禁城春色晓苍苍。

千条弱柳垂青琐，百啭流莺满建章。

剑佩声随玉墀步，衣冠身惹御炉香。

共沐恩波凤池上，朝朝染翰侍君王。

银烛：蜡烛，有银饰的烛台，此指百官早朝时擎的灯火。

青琐：皇宫门窗上的装饰，代指宫门。

剑佩：百官在朝见时必须佩带的宝剑和玉佩。

惹：沾染。

染翰（hàn）：写文章。翰，笔。

这个诗题怎么理解？先说早朝。中国古代，大臣见君主叫朝，君主见大臣叫会，合称朝会。朝会都在早晨进行，所以称早朝。唐代的早朝分三种情况：一种叫大朝会，每年的冬至和元旦举行，参加的人最多，礼仪也最隆重。其次是朔望朝，每月初一和十五举行，也比较隆重。第三种是常朝，理论上每天举行，实际上视政务的繁忙程度，每个时期不太一样。常朝的礼仪最简单，参加人数也最少，但内容最扎实，不是单纯的礼仪活动，而是处理日常政务。贾至这首诗写的是哪一种朝会呢？后面通过诗句再说。

再说大明宫。从唐高宗时代起，东内大明宫就取代西内太极宫，成为唐朝的政治中心，也是朝会的场所。大明宫和如今的紫禁城一样，也有三大殿：最外面的是含元殿，是大朝会的地方；中间的叫宣政殿，是朔望朝的场所；最里边的叫紫宸殿，是常朝的地点。贾至这次到底是在哪个大殿朝觐皇帝？也要通过诗句分析。

再说两省僚友。两省是中书省和门下省的简称，也就是唐朝的宰相机构。唐朝实行三省制，中书草诏、门下审核、尚书执行。三省之中，尚书是行政部门；中书省和门下省是决策部门。两省地位非同寻常。常朝的参加人员不是最少吗？那到底是什么人参加？第一类是在京五品以上的中高级官员，第二类就是两省官员，因为他们是皇帝的亲信参谋。既然有这番特殊待遇，两省官员也就颇有点儿自成一体的感觉。所以贾至才会写诗呈两省僚友，算是自己人内部交流吧。王维也罢，岑参也罢，杜甫也罢，当时都在中书省或门下省供职，都属于贾至诗题中两省僚友的范围。

贾至这首《早朝大明宫呈两省僚友》属于朝省诗，就是专门写上朝的诗，这类诗和应制诗一样，主题都要颂圣，而且要写得典雅华丽，有宫廷气象才行。那么，这首诗符合不符合这一要求呢？一起看看吧。

先看首联："银烛朝天紫陌长，禁城春色晓苍苍。"这是写诗人的早朝之路。银烛是银制的烛台。朝天，自然是朝觐天子。紫陌是什么？紫陌就是大道，刘禹锡不是写过"紫陌红尘拂面来"吗？在那首诗里，紫陌是指京城的大道。而在这首诗里，紫陌则是指大明宫里头的宽阔道路。为什么呢？因为下一句是"禁城春色晓苍苍"。所谓"苍苍"，就是灰白色，也就是天将亮未亮时候的颜色。既然看到了"禁城春色晓苍苍"，说明人已经在大明宫里头了，因此紫陌不是从家里赶往大明宫所走过的大街小巷，而是大明宫从丹凤门到宫殿的道路，这条道路用"长"字来形容，说明什么？说明大明宫大呀。一句"银烛朝天紫陌长"，以小小"银烛"对长长"紫陌"，或者说，以个人的渺小来映衬宫城的雄伟，这就是朝省诗的写法。随着诗人脚步的推移，天色也慢慢从黑转为苍青，大明宫的美景逐渐清晰起来。把这两句诗放在一起，真是早朝的气氛十足。要知道，唐朝五鼓入朝，五鼓是现在的凌晨三点至五点，天还是黑的，所以要点蜡烛。但是天越走越亮，等到了宫里，太阳的光华已经压倒了蜡烛的光芒，整个大明宫褪去黑纱，呈现出一片朦胧的春意。越走越亮，越走越美，这不正是大臣朝见皇帝之前应该有的心情吗？而且，看到"春色"两个字，我们也能判断出来，这不是大朝会，因为大朝会是在冬至或者元旦，都在冬天。不是大朝会，那到底是朔望朝还是常朝？我个人的理解，应该是常朝。为什么？首先，这里头没有出现"朔望"一类的字眼或者意象；其次，朔望朝是在京九品以上大臣都要参加，中书、门下两省并不突出；常朝则特别指定要两省官员参加，贾至既然呈两省僚友，常朝的可能性更大些。也就是说，朝会的地点应该是大明宫的紫宸殿。从大明宫的南门丹凤门到紫宸殿，有一千二百米，算是够长的一条路了。

首联写上朝之路，写大明宫全景，颔联怎么接呢？律诗最讲究起承转合，既然写到了大明宫的春色，下面就该承接两句对春色的描写了。大明宫里的春色，到底是怎样的呢？看颔联："千条弱柳垂青琐，百啭流莺满建章。"这一联写得真漂亮。拿垂柳和流莺相对，一个静，一个动，一个在地下，一个在天上，已经很好了吧？还不够好。诗人不写一棵垂柳，一只流莺，而是千条弱柳，百啭流莺，这场面多大、多热闹呀，这才是宫廷气象。这还不够，千条弱柳在哪里飘舞？在宫门前，因为青琐本来是汉朝装饰皇后门窗的青色花纹，后来就代指宫廷；百啭流莺又在哪里歌唱？在整个大明宫，因为建章就是汉朝的建章宫，这还是唐朝诗人以汉比唐的老规矩。垂柳千条，轻拂宫门；黄莺欢唱，响彻宫城。这是多么欢乐祥和的春日盛景呀！再往深里想，宫门垂柳，像不像卫士？黄莺百啭，像不像大臣？这其实不仅是用柳和莺衬托春色，也是用柳和莺来比拟朝会的大臣和侍卫，但是比得含而不露，还能承上启下。

　　起承转合，到颈联，该转了。转到哪里了呢？从景色转到人了。"剑佩声随玉墀步，衣冠身惹御炉香。"剑佩就是宝剑和垂佩，是官员随身的装饰，也是身份的象征。玉墀又是什么？所谓"玉墀"，就是宫殿前的台阶。所以这两句诗在说上朝的核心部分了。之前还是在宫外看柳听莺，此刻已经走上了台阶，大臣们步履姗姗，剑佩叮当。为什么要说到剑佩的声音？白居易说"此时无声胜有声"，而贾至恰恰相反，他是在用有声反衬无声。那么多官员入朝，却只能听到剑佩碰撞的声音，说明什么？说明鸦雀无声。千官入朝，却鸦雀无声，这是多肃穆啊。随后呢？随后就进入殿庭了，御炉香烟袅袅，官员的衣冠都沾上了香气。这香气只是香气吗？当然不是。御炉的香烟，就是皇帝的恩泽呀，虽然没有正面描写皇帝，但是，一句"衣冠身惹御炉香"，已经把皇帝恭维得严丝合缝了。

从上朝前写到上朝中，气氛逐渐走高，那该怎么结尾呢？尾联："共沐恩波凤池上，朝朝染翰侍君王。"这是写退朝了。所谓"凤池"，就是凤凰池，这在古代是中书省的雅称，也可以泛指两省。贾至这首诗不是要呈两省僚友吗？所以最后要结到两省。他说，咱们中书门下两省的官员，都沐浴着皇帝的无上恩泽，退朝回到办公室，正应该加油干活，好好写文章伺候皇上。这既是鞭策自己，也是诚勉同僚，写得堂皇正大，一个好官员形象立刻树立起来，收得非常得体。

这首诗写得好不好？可能有人会说，思想很苍白呀。没错，其实朝省诗也罢，应制诗也罢，因为要颂圣，所以思想水平都不高。但是，它从自身入手，沿着上朝前、上朝中、退朝后的路径步步写来，结构严整，而且气象宏大，辞藻铿锵，不仅写得富贵尊荣，而且还有一种喜滋滋的劲头扑面而来。早朝虽然辛苦，但是，得以近距离接触皇帝，这不正是两省官员的特殊荣耀吗？贾至把这种美滋滋的心情用千条弱柳、百啭流莺，用玉墀步、御炉香这样具体的形象表达出来，连我们都深受感染，这就是他的成功之处。

那么，是不是因为贾至这首诗写得特别好，才引来那么多高人唱和呀？倒也不完全是。还有一个更重要的理由。这首诗的作者贾至不仅是文人，更是一名官员。他当时是中书舍人。中书舍人虽然只是五品官，但是专门负责给皇帝起草制敕，算是既清且要，有头有脸。而且，贾至父子两代都在中书草诏，在朝廷里人脉非常深厚。才华加上威望，成就了贾至的号召力，才有那么多高人跟他唱和，形成了这一主题的大合唱。

王维《和贾舍人早朝大明宫之作》（上朝）

在贾至得到的所有和诗中，王维这首《和贾舍人早朝大明宫之作》名气最大，立意也最高。

和贾舍人早朝大明宫之作

王维

绛帻鸡人报晓筹，尚衣方进翠云裘。

九天阊阖开宫殿，万国衣冠拜冕旒。

日色才临仙掌动，香烟欲傍衮龙浮。

朝罢须裁五色诏，佩声归到凤池头。

晓筹：即更筹，夜间计时的竹签。
翠云裘：饰有绿色云纹的皮衣。
旒：冠前后悬垂的玉串，天子之冕十二旒，这里指皇帝。
仙掌：掌为掌扇之掌，也即障扇，宫中的一种仪仗，用以蔽日障风。
浮：指袍上锦绣光泽的闪动。
五色诏：用五色纸所写的诏书。

既然这是针对中书舍人贾至《早朝大明宫呈两省僚友》所作的和诗，那就先说说和诗的一般规律吧。所谓和诗，就是对别人已有诗作的唱和。既然如此，和诗与原诗的主题立意必须一致，不能你说东我说西，这是第一个要求。第二个要求，多数和诗要与原诗的韵脚保持一致，有的甚至严格到你用哪个字押韵，我也用哪个字押韵，而且顺序不能错。但是，在盛唐时期，多数和诗还是只和意，不和韵，王维这首和诗就是如此。

为什么这么说呢？看首联就知道了。"绛帻鸡人报晓筹，尚衣方进翠云裘。"这是押平水韵里的十一尤，而贾至《早朝大明宫呈两省僚友》用的是平水韵中的七阳，两者不是同一个韵部，这是第一个不同。还有一个不同更为重要，王维和贾至的视角也不一样。贾至的首联是："银烛朝天紫陌长，禁城春色晓苍苍。"他是在讲谁？讲他自己呀。他举着银烛，他看着春色，他在上朝。从自己的视角看世界，这是我们最容易理解的写法。但是王维不一样。他没有讲自己怎么上朝。他一上来，就是"绛帻鸡人报晓筹，尚衣方进翠云裘"。从皇帝讲起了。为什么说这是从皇帝讲起呢？

先解释几个专有名词。什么叫鸡人？鸡人就是学鸡叫的人，古代老百姓靠公鸡打鸣来报时，但是宫廷里不养鸡，怎么办呢？

就让官员装扮成大公鸡的样子，头上还包一块红头巾，代表鸡冠子，这就是绛帻鸡人。最早的时候，绛帻鸡人是真的装扮成公鸡打鸣。后来发明了更漏，宫里不必靠公鸡报时了，但是绛帻鸡人这个官职并没有废掉，而是直接演化成了主管更漏的人。每天天亮的时候，这个人也不再学鸡叫了，而是传送竹签给宫里报时，这个竹签叫更筹。报晓的更筹，自然就叫晓筹了。这是"绛帻鸡人报晓筹"。那什么又是尚衣呢？很多人一看见尚衣就想到宫女，这不对。所谓"尚衣"，是殿中省的尚衣奉御，五品官，专门掌管皇帝的礼服。翠云裘又是怎么回事呢？所谓"翠云裘"，就是饰有绿色云纹的皮衣，代指皇帝参加朝会的大礼服。讲清楚这些名词，再来分析：绛帻鸡人给谁报晓筹？皇帝。尚衣给谁进翠云裘？也是皇帝。所以说，王维这首早朝诗，上来就从皇帝讲起，不写自己怎么上朝，而是遥想皇帝怎么准备上朝，这是一个不同凡响的视角。

另外，这两句诗表现早朝的"早"字，也表现得特别巧。同样讲早朝，贾至是怎么表现的呀？他写银烛，写天色，这是用景色来表现。但王维没有写任何属于清晨的景色，他只写了两件属于清晨的事情。一件是报晓筹，另一件是进翠云裘。报晓筹是报晓，进翠云裘是请皇帝更衣。这两件事情，两个动作紧凑衔接，整个宫廷在清晨那种既忙碌又有序的状态立马就跃然纸上了，这多巧妙啊。还有，更巧妙的地方是什么？是背面敷粉。他写鸡人，写尚衣，写皇帝没有？没有。虽然没有正面写皇帝，但这些人不都是在为皇帝服务吗？这样一来，一个清晨即起，为国理政的皇帝形象已经呼之欲出，这就是背面敷粉。

宫里面，皇帝在准备早朝。那宫外面，大臣在干什么呢？看颔联："九天阊阖开宫殿，万国衣冠拜冕旒。"这两句话写得真大气。九天是什么？古代人讲天有九重，所谓"九天"，就是天的最高处。那阊阖呢？本来是传说中的天门，也泛指宫殿乃至京城的大门。而所谓"万国"，和九天一样，都是最高级别的形容词。这里写万国，是极言其多。那冕旒又是什么？所谓"冕旒"，就是垂着旒的冕，我们常常在电视剧里看到的那种垂着帘子的帽子就叫冕旒。这是天子参加重大庆典时候的礼帽，因此也用来代指皇帝。把这两句话放在一起，一个最宏大的朝会场面一下子就展现在我们面前了。曙光乍现，大明宫各个宫殿的大门依次打开，仿佛天宫之门正在层层开启，多么神圣！各个国家的使臣沿着长长的龙尾道拾级而上，准备朝觐皇帝。多么庄严！这一联诗，王维用了两个手法，一个是以一敌众，一个是以高临卑。什么叫以一敌众？皇帝只有一人，但是万国朝拜，这才叫威严。那以高临卑是怎么回事？要知道，唐代大明宫建在龙首原上，本来地势就高。而正殿含元殿又建在三层台基之上，加起来大约有七十米，早朝的大臣沿着七十米的龙尾道走向含元殿，一路都是仰角，仰望宫殿，步步朝天，这又是何等尊贵！这一联绕开了贾至的颈联"千条弱柳垂青琐，百啭流莺满建章"，没有任何闲笔写风景，一下子就从上朝前转到上朝中，直接呼应了贾至的"剑佩声随玉墀步"。"剑佩声随玉墀步"虽然也肃穆，但是哪比得上"万国衣冠拜冕旒"雄壮！只用一联诗，大唐盛世、万国来朝的场面跃然纸上，让今人听了都忍不住心醉神驰。警句一出，全诗都亮了。

然而，有读者会说，这一联不对呀！前面讲贾至的原诗《早朝大明宫呈两省僚友》时分析过，既然是春天，就应该不是大朝会，又因为诗中特别提到两省官员，所以恐怕也不是朔望朝，而是最普通的常朝。既然是常朝，参加的只有在京五品以上官员以及两省机要部门的官员，哪里有什么万国衣冠呢？而且，既然是常朝，皇帝也是穿常服，哪里会有什么翠云裘和冕旒？难道说王维和贾至参加的不是同一次朝会吗？当然不能这么理解。王维这个写法，叫艺术夸张。什么意思呢？贾至是从自己的视角出发，看到什么写什么，是实情实景；王维却是从皇帝的角度立论，从朝会的意义立论，那就不是看到什么写什么，而是什么好看写什么了。这种经过了艺术夸张的场景并不真实，但也正因为它不是某一次朝会的真实呈现，所以才能摆脱具象的限制，获得一种普遍性的表现力，不仅这次朝会能用，整个唐朝能用，以后历朝历代都能用，几乎成了泱泱大国、万邦来朝的代名词，把其他的朝省诗都比下去了。

场面足了，警句也出来了，颈联该怎么写呢？"日色才临仙掌动，香烟欲傍衮龙浮。"这是从殿外写到殿内，又写回皇帝了。仙掌是什么？就是皇帝身后的那对儿大扇子，又叫障扇。衮龙是什么？衮龙就是衮龙袍。日色才临，障扇已动，皇帝起驾临朝了。而满殿香烟，就缭绕于皇帝的龙袍之上，袍上的飞龙，仿佛就要乘云而起。王维这两句诗其实是在照应贾至的"衣冠身惹御炉香"。但贾至那是大臣心态，衣服沾染一点御炉的香烟，都觉得那么荣幸，而王维呢？虽然也是大臣，但却从天子角度立论，所以不是龙袍沾染了香气，而是香烟依傍着衮龙。所谓"云从龙，风从虎"，香烟浮动，正烘托了皇帝作为天子的神圣感。殿外大臣拜冕旒，殿内香烟护衮龙，这不正是朝会所要达到的效果吗？

从宫廷写到殿外，从殿外写到殿内，从天子写到大臣，又从大臣写回天子，早朝之前、之中的事情都已经写足，怎么收尾呢？看尾联："朝罢须裁五色诏，佩声归到凤池头。"这和贾至一样，是写退朝了。而且，也是在呼应贾至的"共沐恩波凤池上，朝朝染翰侍君王"。贾至不是中书舍人吗？中书舍人是给皇帝起草诏书的，朝会开过了，大政方针决定了，接下来不就该起草具体的诏书了吗？为什么说是五色诏呢？这里用的是后赵皇帝石虎的典故。当年石虎发布诏书的时候，用五色纸写诏书，非常奢华。王维不仅是诗人，还是画家。这次早朝发生在春天，王维虽然没有具体写春景，但是他把春色放在了文字里。首联"绛帻"和"翠云裘"相对，一红一绿，那就是春天的颜色，尾联又出来一个"五色诏"，五色绚烂，这不也是花团锦簇的春天吗？那"佩声归到凤池头"呢？这其实还是呼应贾至的"剑佩声随玉墀步"，只不过贾至用佩声表现上朝，而王维用佩声表现退朝罢了。退朝并不是下班，而是新工作的开始，这新工作就是草诏，多重要，也多荣耀啊。虽然没有直接写贾至，但是，也算含而不露的恭维了。

这首诗跟贾至那首原作相比怎么样？好太多了，立意高了一大截。朝省诗不是要颂圣吗？贾至虽然也颂圣，但重点还是落在大臣身上。王维从头到尾句句不离皇帝，即使写大臣，也是为了衬托皇帝。这样一来，整首诗就显得高华典雅，有如黄钟大吕，奏响了真正的廊庙之音。

岑参《和贾至舍人早朝大明宫之作》（上朝）

王维一联"九天阊阖开宫殿，万国衣冠拜冕旒"力压众人，传诵至今。但是也有人认为，就整体而言，岑参的《和贾至舍人早朝大明宫之作》比王维的还好。

和贾至舍人早朝大明宫之作

岑参

鸡鸣紫陌曙光寒，莺啭皇州春色阑。

金阙晓钟开万户，玉阶仙仗拥千官。

花迎剑佩星初落，柳拂旌旗露未干。

独有凤凰池上客，阳春一曲和皆难。

皇州：指帝都。
金阙：皇帝的宫阙。
玉阶：宫殿的台阶。
仙仗：帝王的仪仗。
阳春：古乐曲名。

岑参是个边塞诗人，他两次从军，进过安西都护府的幕府，足迹远达现在的新疆乃至中亚地区。所以他写诗胆子大，构思也奇。比方说写雪，就算豪迈如李白，也只是说"燕山雪花大如席，片片吹落轩辕台"，极言其大而已；到岑参那里怎么写？"忽如一夜春风来，千树万树梨花开。"把铺天盖地的大雪化作了千树万树的梨花，这是何等瑰丽，何等神奇呀！

从这首《和贾至舍人早朝大明宫之作》怎么看出岑参胆子大呢？第一句就能体现出来。看首联："鸡鸣紫陌曙光寒，莺啭皇州春色阑。"这一联对仗真工整，"鸡鸣"对"莺啭"，"紫陌"对"皇州"，"曙光"对"春色"，"寒"对"阑"，字字对仗，一点瑕疵都没有。殊不知，律诗首联可对可不对，之前王维、贾至都不对，但是岑参上来就对仗，而且对得那么漂亮，好不好？当然好，但有个问题。"寒"是冷，"阑"是尽啊，朝省诗要写得典雅华丽，一上来就用这种不怎么喜庆的字，是不是胆子很大？其实，不光是这两个字，后面"星初落"的"落"，"露未干"的"干"，"和皆难"的"难"，都不是喜庆的字，但是，岑参就这么用。为什么呢？艺高人胆大。岑参之所以敢这么写，是因为他有本事救回来。看这一联："鸡鸣紫陌曙光寒，莺啭皇州春色阑。"虽然是曙光寒，但是雄鸡报晓，大路朝天，这个寒就不是

忽如一夜春风来，千树万树梨花开。

一般的寒噤噤、冷飕飕，而是早晨那种让人清醒、催人奋进的凉爽。"春色阑"也是一样，萌芽之后，自会迎来万物茁壮生长的阶段，暮春时节，纵然是绿肥红瘦，但也是春满人间。一句"莺啭皇州春色阑"，不仅没有春色将尽的颓唐感，反倒让人觉得，春天的歌声已经达到顶点，铺天盖地，响彻云霄。这两句话在讲什么？其实岑参和贾至一样，都是从自身的视角出发，讲上朝时的景象，讲早朝的"早"字，但是，贾至的"银烛朝天紫陌长，禁城春色晓苍苍"让人感觉天还比较黑，看不见什么，因而不怎么漂亮。岑参就不一样了，他其实也没有看见什么，但是他没有贾至那么老实，既然看不见，就用声音来补充吧，一个"鸡鸣紫陌"，一个"莺啭皇州"，都是早晨特有的声音，多嘹亮，多气派！它不仅仅写活了一个清晨，而且铺陈出一个生机勃勃的春天，它更渲染出一种气氛，既然整个长安城的人都已经在鸡鸣莺啭中醒来，官员们不也正该抖擞精神，走向上朝之路吗？

接着看颔联："金阙晓钟开万户，玉阶仙仗拥千官。"这句话真有气势。像谁呢？像王维。岑参跟王维一样，都是直接从早写到了朝。王维写"九天阊阖开宫殿，万国衣冠拜冕旒"，真雄壮；而岑参写"金阙晓钟开万户，玉阶仙仗拥千官"，真漂亮。伴随着拂晓的钟声，宫廷大门层层打开，在皇家仪仗的护卫之下，官员们走上台阶，列队向前。其实不过就是这么点儿事，但是，他用"金阙"对"玉阶"，用"晓钟"对"仙仗"，用"万户"对"千官"，这么多华丽的辞藻密集对仗，马上，一种雕栏玉砌、金碧辉煌、恍若神仙世界的感觉就出来了。正在打开的似乎不是宫门，而是天门，正在排班上殿的似乎也不再是人间的官员，而是位列仙班的神仙。整个感觉像什么呢？像极了山西永乐宫那幅著名的《朝元图》。在那幅壁画上，三百位天神朝拜元始天尊的场景，不就是"金阙晓钟开万户，玉阶仙仗拥千官"吗？同样一个上朝的场景，贾至是"剑佩声随玉墀步"，有肃静气；王维是"万国衣冠拜冕旒"，有威风气；而岑参则是"玉阶仙仗拥千官"，有神仙气了。

首联写早，颔联写朝，颈联怎么接呢？这一联，岑参把早和朝结合在一起了。"花迎剑佩星初落，柳拂旌旗露未干。"这一句话，最精彩。前一句，"星初落"是早，"花迎剑佩"是朝，后一句，"露未干"是早，"柳拂旌旗"是朝。早和朝就这么紧紧扭结在一起，一句话里，两个意象全了。之前，贾至也罢，王维也罢，都是早就是早，朝就是朝，而岑参呢，是早中有朝，朝中有早，真巧妙。不仅巧妙，还漂亮。北京的紫禁城，主干道也罢，正殿也罢，前后左

的辞藻把你的心放下去，写得亦奇亦正，神采飞扬。所以前人评价说，若论气象之阔大，岑诗不如王诗；若论辞藻之富丽与对仗之精工，则岑诗又在王诗之上。古代中国诗歌理论著作《诗薮》中说："大概二诗力量相等，岑以格胜，王以调胜；岑以篇胜，王以句胜。"总之是难分伯仲，恐怕上官婉儿复生，也难评谁是第一，谁是第二，这才是高手对决的精彩之处！

杜甫《奉和贾至舍人早朝大明宫》（上朝）

　　以今人的眼光看，贾至在唐朝算是二流诗人，岑参和王维算一流，李白和杜甫则还要高一级，属于特等。王维和岑参的和诗都那么精彩，按照一般人的想象，杜甫的和诗肯定更值得期待，是不是呢？

奉和贾至舍人早朝大明宫
杜甫

五夜漏声催晓箭，九重春色醉仙桃。

旌旗日暖龙蛇动，宫殿风微燕雀高。

朝罢香烟携满袖，诗成珠玉在挥毫。

欲知世掌丝纶美，池上于今有凤毛。

箭：漏箭，放在漏壶中带有刻度的标杆，用于计量。
龙蛇：指旗帜上所绣的龙蛇图案。
风微：微风轻拂。
珠玉：珠和玉，比喻优美珍贵之物。
有凤毛：指能继承家学。

杜甫写律诗内行，但是写富贵诗外行。为什么这么说？因为他一生潦倒，缺乏富贵生活的实际经验，因此写起富丽堂皇的大场面时，就明显不在状态。比如同样是酒宴，李白写"五花马，千金裘，呼儿将出换美酒"是那么自然，到了杜甫这里，还是写宴会，就成了"酒肉如山又一时，初筵哀丝动豪竹"，明显风流感不足。本来，人民性是杜甫的特点，也是优点，但是拿捏朝省诗就显得力不从心了。为什么这么说？

看首联："五夜漏声催晓箭，九重春色醉仙桃。"这一联对得挺工整，"五夜"对"九重"，"漏声"对"春色"，"催晓箭"对"醉仙桃"，都没有问题。但是两句话搭在一起，就让人觉得不自然。为什么？看第一句："五夜漏声催晓箭。"五夜就是五更，箭是漏箭，是放在漏壶里的标杆，时间到了自然就会从水中浮起来，所以这句话是说，五更时分，漏壶滴答，漏箭浮起，仿佛在催促着拂晓的来临。这自然是在描述早朝的"早"。那下一句呢？"九重春色醉仙桃。"九重本来是九道宫门，这里代指深宫大内。皇宫之中，春色正浓，桃花逗艳，仿佛喝醉了酒一般。这风景想来也很好看，但是，和第一句的搭配感不强。第一句还是暗沉沉的黑夜，第二句立即就变成了浓艳的春色。问题是，既然刚刚五更天，也就是早晨三五点钟，诗人是如何看见"九重春色醉仙桃"的呢？想想其他几位诗人是怎么说的。贾至最老实，说"银烛朝天紫陌长，禁城春色晓苍苍"。明白告诉大家，太早了，天还没亮呢，周围景色一片苍茫，我看不清楚。王维就聪明了，既然看不见景色，我干脆不写景色，写早晨的活动，所以是"绛帻鸡人报晓筹，尚衣方进翠云裘"。岑参也聪明呀，不是看不见吗？我就写听觉呀，所以是"鸡鸣紫陌曙光寒，莺啭皇州春色阑"。都是表现早朝的早，但是各有各的办法。可是无论用哪种办法，都比杜甫这一联来得自然。

再看颔联："旌旗日暖龙蛇动，宫殿风微燕雀高。"这一联写得挺漂亮。"旌旗"对"宫殿"，"日暖"对"风微"，"龙蛇动"对"燕雀高"，对得严丝合缝，这是老杜的看家本事，谁也比不了。那到底怎么理解呢？按照现在的语序，应该是日暖旌旗龙蛇动，风微宫殿燕雀高吧。春和日暖，旌旗上的龙蛇仿佛都获得了生气，要随风而起；春风轻拂，宫殿外燕雀盘旋翻飞，越飞越高。上一句很壮丽，下一句很明媚，写得非常有画面感。而且，仔细一想，这一联隐含的意思也很深呀。日暖风微，哪里只是自然界的日暖风微，它还象征着皇帝如阳光、如清风一样的恩德；龙蛇燕雀，哪里只是生物界的龙蛇燕雀，不是还象征着文武百官乃至升斗小民，都在皇恩的沐浴下焕发了生机吗？颂圣的意思含而不露，也算蕴藉。所以历来对这两句话评价都很高，甚至有人说，这两句比王维、岑参的都好。是不是呢？虽说诗的审美本身就是见仁见智，没有定论，但我个人还是觉得，它不那么好。不好在哪儿呢？第一，用燕雀太小气了。连大泽乡起义的陈胜都说："燕雀安知鸿鹄之志！"可见在中国古代的文化意象之中，燕雀实在是山野低微之物，上不得台面。要知道，这首诗毕竟是朝省诗，朝省诗关乎宫廷，所以写花写鸟，还是有规矩的。比如花吧，你写牡丹，写芍药，乃至写桃花都可以，但是最好不写闲花野草；鸟也是一样，你写凤凰，写鹦鹉，乃至写黄莺都好，但是，写燕雀就显得太寒酸了。第二个不好是什么？这个早朝显得不太早呀。比如岑参，写"花迎剑佩星初落，柳拂旌旗露未干"，让人一看就知道，这是真早，因为残星才落，宿露未干。可是杜甫这一联呢？又是日暖，又是风微，让人感觉太阳已经升起来了，不像是早朝。宫廷气象不足，早晨的气象也不足，这就有问题了。

再看颈联："朝罢香烟携满袖，诗成珠玉在挥毫。""朝罢"两个字，真是让人吃惊。为什么？因为我们还没有看到上朝呢，怎么直接就退朝了？这不可思议呀。要知道，诗题毕竟是早朝大明宫，上朝可是重头戏。所以另外三位诗人都重点讲上朝，比如贾至是"剑佩声随玉墀步，衣冠身惹御炉香"，王维是"九天阊阖开宫殿，万国衣冠拜冕旒"，岑参是"金阙晓钟开万户，玉阶仙仗拥千官"。写得都典雅华丽，大气磅礴。可是到杜甫这首诗呢？根本没出现上朝的场景，直接就退朝了，这无论如何，应该算是个大大的失误。

我先抛开这个问题，就事论事，看看这一联写得怎么样。"朝罢香烟携满袖，诗成珠玉在挥毫。"真不错。贾至不是求和诗吗？一般来讲，和诗总是要恭维一下原作者的。在这一点上，王维和岑参做得都不够。王维写"朝罢须裁五色诏，佩声归到凤池头"，只是写中书舍人回去草诏了，至于好不好，根本没写。而岑参呢？虽然写了"独有凤凰池上客，阳春一曲和皆难"，好像是恭维了贾至，但是恭维得有点儿虚。再看杜甫，"朝罢香烟携满袖"，这是写什么？写贾至受到的宠幸，沾染的恩泽，直接呼应了贾至的"衣冠身惹御炉香"。那"诗成珠玉在挥毫"呢？是说贾至的文采，说他提起笔来就写了一首如珠玉般的好诗。这个恭维就很有针对性，也很有风采，比其他两首都实在。

已经写到退朝了，也已经恭维过贾至了，怎么结尾呢？看尾联："欲知世掌丝纶美，池上于今有凤毛。"这一联出来，真是把贾至夸到家了。为什么这么说？因为这里头有两个典故。第一个典故是世掌丝纶。所谓"丝纶"，出自《礼记》："王言如丝，其出如纶"，后来就代指皇帝的制敕了。那世掌丝纶是怎么回事呢？贾至的父亲贾曾也当过中书舍人，到贾至这儿，又当中书舍人，两代起草诏书，这不就是世掌丝纶吗？这还不算，这个世掌丝纶背后，还有一个故事。唐朝皇帝正常继位的少，不是弟弟杀了哥哥，就是儿子把爸爸赶下台。比方说，唐玄宗就是把他爸爸唐睿宗赶下台当太上皇，然后自己才当了皇帝，当时，给唐睿宗起草传位诏书的是贾至的父亲贾曾。没想到，半个世纪之后，趁着安史之乱，唐玄宗的儿子唐肃宗又抢班夺权，把唐玄宗赶下台当了太上皇，真像是因果报应一般。这一次写传位诏书的是谁呢？就是贾至。所以唐玄宗曾经跟贾至讲："昔先天诰命，乃父为之辞，今兹命册，又尔为之。两朝盛典，出卿家父子手，可谓继美矣。"别看他说得轻松，内心肯定无比凄凉吧。只是，唐玄宗凄凉不凄凉不重要，重要的是贾至父子两代替两朝皇帝起草传位诏书，这得是多难得、多荣耀的事啊！这是"欲知世掌丝纶美"。那"池上于今有凤毛"又是怎么回事呢？这就涉及第二个典故了。是说南朝大文豪谢灵运的孙子，谢凤的儿子谢超宗文章写得很好，皇帝很赞赏，就夸了他一句："超宗殊有凤毛。"意思是说他遗传基因很好。后人就用"凤毛"来赞美能继承家学的儿子。所以杜甫这两句话是说：要想知道世掌丝纶的美事是怎么出现的，你就看看中书舍人贾至那不凡的基因、不凡的文采吧！是不是把贾至夸到家了？

这样一来，我们就能看出来了，这四首诗各有各的好处，贾至是写得真实，王维是写皇帝写得好，岑参是写场面写得好，而杜甫呢？是写上司写得好。为什么会有这样的不同啊？其实是每个人经历都不一样。王维跟贾至平级，没有必要恭维贾至，可是他在安史之乱时期当过伪职，现在虽然取得了皇帝的原谅，但还是心有余悸，想努力颂圣。岑参呢？当时才是一个七品官，跟皇帝隔得比较远，没必要特别歌颂皇帝，但是他是一个见过大场面的人，从长安一路跑到中亚，内心有无限奇丽的风光，所以就算写朝省诗，还是写得奇伟瑰丽，不同凡响。而杜甫呢？当时只是一个从八品官，在朝会中排位最后，离皇帝不知有多远，真正朝会的场面估计他都看不清，也写不好。所以，他就只能重点写自己的长官了。这样一来，也就跟朝省诗的要求离得远了些，所以虽然名气最大，但是在这一组作品里，只能屈居末位了。

最后还想说一句，很多人都以为如此豪华的场面，一定出自开

春宿左省

杜甫

花隐掖垣暮，啾啾栖鸟过。

星临万户动，月傍九霄多。

不寝听金钥，因风想玉珂。

明朝有封事，数问夜如何？

宿：指值夜。

掖垣："掖"通"腋"，意为旁边。因门下省和中书省位于宫墙的两边，像人的两腋，故得名。

金钥：即金锁，指开宫门的锁钥声。

珂：马铃。

封事：臣下上书奏事，为防泄漏，用黑色袋子密封，故得名。

杜甫不是大官，没什么富贵气象，所以写不好朝省诗。但是，杜甫是一个好官，工作尽心尽责，兢兢业业。怎么表现出来的？这首诗就是明证。这首诗叫《春宿左省》。什么是左省呢？唐朝实行三省制，分别是尚书、中书、门下。三省各有别称，尚书省别称都省，因为它是最高行政机构，总辖六部，所以称都省。中书省别称右省，因为它坐落在大明宫宣政殿的右面，所以称右省。那门下省呢？跟中书省相对而立，坐落在宣政殿的左边，所以称左省。所谓"春宿左省"，就是春天住在门下省。但是，这个住宿可不是一般的住宿，是指在门下省值夜班。要知道，中书、门下两省官员都是天子的近臣，必须日夜值班，随时听候皇帝召唤。杜甫当时是什么官呢？这首诗写于乾元元年（758），当时，杜甫担任左拾遗。左拾遗和右拾遗都是武则天时期设置的官职，左属门下，右属中书，是一个小得不能再小的官，只有从八品。然而，小官管的事情可不小，专门负责给皇帝提意见，属于谏官。杜甫忧国忧民，一辈子想着"致君尧舜上，再使风俗淳"。可想而知，这样的官职挺对他的胃口。所以，这首诗也写得情真意切。

看首联："花隐掖垣暮，啾啾栖鸟过。"这两句诗起得平实，基本是实景再现，看见什么写什么。杜甫看见什么了呢？第一句："花隐掖垣暮"。所谓"掖垣"，就是指门下省的外墙。门下省和中书省不是在宫墙的两边吗？就好像人的两腋一样，所以叫掖垣。天色近晚，墙边的花朵都模糊不清了。这就是"花隐掖垣暮"，写得非常朴实。但是别小看这句诗，就这一句，已经点题了。题目不是《春宿左省》吗？杜甫用"花"来点春，用"掖垣"来点左省，用"隐"和"暮"来暗示宿，一共五个字，题目的三个意象全部点到，这就是本事。再看第二句"啾啾栖鸟过"。既然花看不清，鸟自然也看不清，但是听到啾啾的声音，就知道小鸟正掠过天空，要回窝了。这是补充第一句。两句话放在一起，一点也不华丽，但是它很真实，也很自然，从花写到鸟，从地下写到天上，从视觉写到听觉，一俯一仰，一看一听之间，真是历历如绘，这不也正是我们日常在傍晚时分走出单位大门时候经常看到、听到的场景吗？只不过，我们看到这番景致时是下班，而杜甫是上班罢了。

连鸟都回巢了，诗人却要值夜班，这是什么心情呀？会不会抱怨？看颔联吧。"星临万户动，月傍九霄多。"这一联真漂亮，它一出来，全诗一下子就亮了。为什么呀？眼界放大了。上一联，薄暮时分，诗人刚刚进入左省的时候，看到的还都是眼前的花鸟，现在，夜深人静，诗人独自在庭院徘徊，一下子，整个长天、整座宫殿都尽收眼底了。入夜的大明宫是什么样子的呢？"星临万户动，月傍九霄多"，繁星点点，在千门万户之上颤动，朗月从宫殿背后缓缓升起，那高耸入云的楼阁得到的清辉分外多。这景象多瑰丽，多神奇呀。闭上眼睛，你还能想象出星星在天上跳动的样子吗？很难想象吧，那是因为现在的光线太强了。但古代不一样，天上只有繁星朗月，星光闪烁，时聚时散，时明时暗，而星星下面，暗沉沉的千门万户仿佛也被点亮，有了活力，这不就是"星临万户动"吗？"月傍九霄多"就更容易理解了，所谓"九霄"，是指直插云霄的宫殿，李白不是说"危楼高百尺，手可摘星辰"吗？宫殿那么巍峨，仿佛都能碰到月亮，既然离月亮那么近，得到的月光肯定会更多吧？这个场景我们都能理解，都能想象，但是，谁敢那么写呢？谁也不敢。我们一般写月亮，不外乎阴晴圆缺之类吧，谁会用多少来形容月光呢？但是杜甫就敢用，而且用得那么传神，这就是艺高人胆大。曹雪芹《红楼梦》第四十一回里推崇王维的"大漠孤烟直，长河落日圆"，说"直"字好像无理，"圆"字好像太俗，但是仔细想去，却又觉得无可替代，一下子把西北边塞写活了。其实，杜甫这联"星临万户动，月傍九霄多"也一样。"动"字好像无理，"多"字好像太俗，但是，一下子，我们仿佛都看到了：星光流泻，皓月当空，

大漠孤烟直，长河落日圆。

大明宫变得分外明亮，甚至像有了生命，动了起来，这是多神奇的景象呀。你再往深里想一下，万户也罢，九霄也罢，不都是皇帝的地盘吗？皇帝所居，连星星也要降临，连月亮也要依傍，星星和月亮都来给皇帝增光添彩，这不也是颂圣吗？但是颂得巧妙含蓄，情景交融，这才合乎诗的神韵。这一联看完，我们再想，杜甫对值夜班是什么态度呀？他没有抱怨。相反，他看着夜幕下的大明宫，想着皇帝，相当激动，相当兴奋，真是一个好大臣。

颔联这么精彩，颈联怎么接呢？看颈联："不寝听金钥，因风想玉珂。"律诗不是讲究起承转合吗？首联起，颔联承，颈联转。这个颈联转得真好。转到哪里了呢？由景转到人，由室外转到室内，也由看转到听了。怎么转过来的呢？就用"不寝"这两个字转。诗人不是春宿左省吗？既然是宿，总该睡睡觉吧，为什么又不寝了呢？因为有上一联的情绪在呀。上一联，诗人看到星临万户、月傍九霄的壮丽场景，相当激动。他辗转反侧，难以成眠。这难以成眠的情境怎么表现呢？有过失眠经历的朋友们一定会知道，夜深人静，人对声音特别敏感。杜甫就抓住这个特点，直接从声音讲起。不知道什么地方传来"咔嗒咔嗒"的声音，这一定是天亮了，宫里有人拿钥匙开宫门了吧？这就是"不寝听金钥"。远处又随风飘来一串铃铛声，这是大臣们来上朝了吧，要不，怎么会有马铃响呢？这就是"因风想玉珂"。"金钥"对"玉珂"，漂亮吧？完全配得上颔联的"万户"和"九霄"，有宫廷气象。更重要的是这种疑神疑鬼的感觉多传神呀，失眠的时候，不就是这样吗？只不过我们失眠的时候，往往是胡思乱想，没个主题，而诗人虽然疑神疑鬼，但是并没有想东想西，他想的事情只有一个，就是要天亮了，要上朝了，千万别迟到。那么问题就来了，不就是上朝吗，两省官员，包括杜甫在内，天天都要走的过场，诗人干吗那么心绪不宁，以至于夜不能寐呢？

看尾联："明朝有封事，数问夜如何"。"明朝有封事"这五个字一出来，谜底一下子就揭晓了。原来，诗人夜不能寐，是等着早朝的时候"上封事"呢。什么叫上封事呀？就是把自己写的意见书封好，递交皇帝。按照制度规定，这可是拾遗的重要职责，但是在现实生活中，大部分谏官并不真的经常履行这种职责。为什么呀？因为不讨好。你一个从八品小官，给皇帝提意见，皇帝会高兴吗？不会。给大臣提意见，大臣会高兴吗？也不会。所以很多谏官，根本不提意见，只是混日子，保饭碗。可是杜甫不一样，杜甫忠君爱国，把个人利益置之度外，真给皇帝提意见。而且，为了提这个意见，还那么激动，这才是拳拳之心，溢于言表。回味着大明宫的美景，想象着明天早朝给皇帝提意见的场面，杜甫越发睡不着了，睡不着怎么办呢？最后一句："数问夜如何"。不停地跟主管更漏的办事员打听，什么时候了？到上朝时间没有？不要觉得这句话简单，其实背后也有典故。什么典故呢？《诗经·小雅·庭燎》讲："夜如何其？夜未央。"是说周宣王勤政，一夜问鸡人好几次，现在是夜里的什么时候了。问题是，杜甫不是周宣王，他只是一个从八品小官，本来没有那么大的责任，但是，就为了给皇帝提意见，而且很可能是不讨人喜欢的意见，他不寝不寐，还要"数问夜如何"，这是何等可笑，又何等可爱可敬呀！这样的事李白会不会做？李白才不会呢！他不屑于当谏官，要当就当军师，当高参。所以他写什么诗？他写"但用东山谢安石，为君谈笑静胡沙"。岑参会不会做？他也不情愿做，所以他虽然跟杜甫一样当谏官，但是他会写"圣朝无阙事，自觉谏书稀"，消极怠工。只有杜甫，真把谏官的角色当回事，睡不着觉也要给皇帝提意见。这才是儒生本色，也是杜甫的伟大之处啊。所以我说，这首诗虽然也写大明宫，写早朝，但是写得情真意切，比《奉和贾至舍人早朝大明宫》好多了。

江山情

江山情无疑是绿色的。"烟销日出不见人，欸乃一声山水绿"，那是山水生就的一片翠色；"绿树村边合，青山郭外斜"，那是田园种出的一树浓荫；而"六朝旧事随流水，但寒烟、芳草凝绿"呢？则是从历史的云烟中穿越而来的一痕铜绿，在斑驳的绿色之下，还藏着血的红与土的黄。江山如此多娇，引无数英雄竞折腰。让千古英雄念兹在兹，以生以死的，不正是这满目青山，半篙春水，以及山环水抱的一畦春韭，十里稻花吗？

王维《竹里馆》（人居）

讲山水田园诗人，第一个想到的应该就是王维。大多数人写山水诗都是看山看水，但王维自身就是山水的一部分。他的诗，仿佛就是透出云彩的一轮明月，穿过竹林的一缕清风。

竹里馆

王维

独坐幽篁里，弹琴复长啸。

深林人不知，明月来相照。

幽篁（huáng）：幽深的竹林。

长啸：撮口发出长而清脆的声音，类似于打口哨，这里指吟咏、歌唱。

深林：指"幽篁"。

相照：与"独坐"相应，意思是说，左右无人相伴，唯有明月似解人意，偏来相照。

独坐幽篁里，弹琴复长啸。深林人不知，明月来相照。

竹里馆本来是一处地名，就在王维的辋川别业之中。中国古代有很多赫赫有名的私家园林，这些园林不仅风景清幽，更是人文荟萃。比如西晋石崇有金谷园，引来左思、潘岳等二十四位大名鼎鼎的文人在此聚会，号称"金谷二十四友"；东晋王羲之有兰亭，永和九年（353）三月三日，谢安、孙绰等四十二位名流在这里曲水流觞，这才有了天下第一行书《兰亭序》。唐代王维的辋川别业也是这样一处所在。这处别业位于日暖玉生烟的陕西蓝田，本来是武则天和唐中宗两朝宠臣宋之问的"蓝田别业"，睿宗上台后，宋之问失势败落，客死他乡，蓝田别业也就换了主人。开元后期，这座别业辗转到了王维手里，王维不仅是诗人，也是画家，胸中自有丘壑，把这座别业修成了一处可耕、可读、可樵、可渔的胜境。在这处胜境，王维设计出二十个景点，分别起了文杏馆、鹿柴、木兰柴、辛夷坞、金屑泉等动人的名字，竹里馆也是其中之一。每个景点，他都赋诗一首，再由同样隐居的好朋友裴迪和诗一首，最后四十首诗编成一部《辋川集》，再画一幅辋川图。有了这一集一图，辋川也就奠定了唐代最著名文人园林的地位，同样，王维也在这里修炼成了诗佛。

要理解《竹里馆》，或者往大里说，要理解《辋川集》，一定先要理解王维在诗人之外的四个身份。第一个身份，隐士。王维在开元后期接手辋川，而开元后期，也正是唐朝政治逐渐走向衰败的时期。开元二十四年（736），一代文宗张九龄罢相。王维本来受知于张九龄，面对此情此景，也逐渐心灰意懒起来，从早年雄心勃勃的"孰知不向边庭苦，纵死犹闻侠骨香"，逐渐变成了"晚年唯好静，万事不关心"。虽然他并没有像陶渊明那样直接挂冠归去，而是半官半隐，但是，从心态上来讲，却是越来越疏远长安城的软红十丈，亲近辋川的清凉世界。这样一来，《辋川集》自然没有壮志雄心，而完全是寄情山水，抒写幽怀。这是第一个身份。

第二个身份是佛家。王维字摩诘。维摩诘其实就是一个梵文音译，如果用意译，就是洁净无垢的意思。在佛教经典里，维摩诘是一位在家菩萨，身处红尘而不染红尘。这真是对王维的最好写照。王维从小信佛，中年丧妻后，更是终身不娶，吃斋打坐，精研佛理。往来亲密的人士，除了高僧，就是裴迪这样的道友。这样一来，《辋川集》不仅没有了功名利禄的红尘气，也没有了柴米油盐的烟火气，成了一个充满禅意的空明世界。在这个世界里，诗人和清风朗月融为一体，真有一种"别有天地非人间"的感觉。

第三个身份是画家。苏轼给他的评价是："味摩诘之诗，诗中有画，观摩诘之画，画中有诗。"王维也自称："当世谬词客，前身应画师。"他是中国山水画从青绿山水转向水墨山水的关键人物，水墨氤氲，正合了诗人的隐逸之气；王维画画又主张"意在笔先"，意思是精神先行，先有气象，再有形象，这也是后世文人画的核心理念。这样一来，王维的画自然不是单纯的画，而是一首首画出来的诗；同样，王维的诗也不再是单纯的诗，而是一幅幅写出来的画。这就是诗中有画，画中有诗。

第四个身份是音乐家。相传，王维刚到京师求取功名时，便以一曲《郁轮袍》惊艳四座，征服玉真公主，顺利地成了京兆府第一名。虽然这个故事不一定属实，但它足以说明王维不凡的音乐才能。音乐和诗都讲究声律和节奏，白居易说得好，"别有幽愁暗恨生，此时无声胜有声"，什么时候该有声，什么时候该无声，这不仅仅是音乐的平衡，也是诗的平衡。隐、禅、画、乐，这四个属于王维的人生特性，怎么体现到诗里呢？看《竹里馆》吧。

竹里馆，顾名思义，当然是一处建在竹林深处的房子。这样的景致怎么写呢？

前两句："独坐幽篁里，弹琴复长啸。"这两句在讲什么？在讲声音。所谓"幽篁"，就是幽深的竹林。竹子在中国人心中可不是一般的植物，而是清俊挺拔的精神象征。"幽篁"二字一出，一种清幽的意象已经在我们心里了。一个人独自坐在幽深的竹林里，该是非常冷清、非常寂静的吧？可是没有关系，王维是音乐家，第二句就来补声音了，"弹琴复长啸"。幽深的竹林是寂静的，但是，有诗人在这里时而弹琴，时而长啸，这不就打破了寂静吗？问题是，出现了琴声与啸声，竹林是不是就特别热闹，不再寂静了呢？当然不是。所谓"蝉噪林逾静，鸟鸣山更幽"，幽深的竹林中，只有冷冷的琴声和清越的啸声回荡，会显得格外寂静，这就是以有声衬无声。而且，回荡在竹林中的是什么声音？是"琴"和"啸"。"琴"是瑶琴，中国传统文化中高人雅士的标配，号称"士无故不撤琴瑟"，所以，琴声就是高山流水的声音，就是诗人内心的清雅之音。那"啸"呢？现代的词典里解释说，啸就是撮口发声，就是打口哨。是不是呢？是，但古代人赋予啸的含义，可远远比打口哨丰富。《诗经·召南·江有汜》里说："江有汜，之子归，不我过。不我过，其啸也歌。"这"啸"是什么？是弃妇的狂歌当哭。到了魏晋南北朝，啸又从妇女的长歌变成了士人的潇洒，东晋陶渊明《归去来辞》说："登东皋以舒啸，临清流而赋诗。"傲世之态，尽在长啸之中。这样看来，琴也罢，啸也罢，都不是普通的音乐，而是诗人的一腔心曲，一番幽情，这种幽情，和"清华其外，淡泊其中"的竹子真是浑然一体，相得益彰。

问题是，诗人的这番心曲，有没有人知道，或者说，需要不需要有人知道呢？本质上讲还是需要的吧，古琴是高山流水觅知音，长啸其实也要人懂。当年，竹林七贤之一的阮籍去拜访一位隐居的高人孙登，无论谈什么话题，孙登都不回答，阮籍只好长啸几声，起身离去。走到半山腰，忽然听见一阵啸声，有如鸾凤鸣叫，穿林而来，这是孙登在回啸。这样一来，两个人虽然什么都没有说，但是，彼此都懂得了。那么，王维独自坐在幽篁之中，弹琴长啸，又有谁能听见、谁能懂得呢？

看下两句："深林人不知，明月来相照。"如果说前两句是写声音，这两句就是在写光了。这里的深林，其实就是第一句的幽篁，寂静的晚上，深深的竹林，应该是非常深邃，黑沉沉的吧？如果那样，就恐怖了。王维是画家，怎么可能让自己喜欢的竹里馆恐怖呢？所以，下一句来补光了："明月来相照"。月上中天，洒下一片清辉，月光笼罩下的竹林就不再是黑暗世界，而是如梦如幻，令人神往。这就是画家的本事。那么，这月亮仅仅是带来光亮吗？当然不是。我们说过，王维还是佛家，这月亮带来的不仅是环境的光亮，更是内心的光明。为什么这么说呢？诗人在弹琴，在长啸，可是，这种高雅的情调，超脱的情怀，本来就不容易被人理解，何况又是在深林之中呢！"深林人不知"，本来会有知音难觅的寂寞，但是，虽然人不理解，明月却理解了，它照耀着诗人，也呼应着诗人。如果说，李白讲"举杯邀明月，对影成三人"中的明月其实是无情的，只能反衬出诗人的孤独；那么，王维"深林人不知，明月来相照"中的明月，就是有情的，它就是诗人的知己，给诗人的内心也洒下了光明。为什么王维能够从月亮上找到光明？因为他是隐士，又是佛家。隐居，就不再介意来自世人的评价；而学佛，让他能够与天地同心，和清幽的竹林、清朗的月色融为一体。

"独坐幽篁里，弹琴复长啸。深林人不知，明月来相照。"是不是每一句都那么平淡？没有一句警句。写景，无非是幽篁、深林、明月三个词；写人，无非是独坐、弹琴、长啸三个词，既没有动人的景语，也没有动人的情语，但是，整首诗读下来，却是那么宁静安详，清幽绝俗。它让人感到，这月夜竹林的景色是如此空明澄澈，一尘不染，在其间弹琴长啸的诗人又是如此安闲自得，尘虑皆空，明月、幽篁与诗人相互映照，真是情景交融，物我两忘。其实，不光《竹里馆》如此，整个《辋川集》都是如此。比如《鹿柴》："空山不见人，但闻人语响。返景入深林，复照青苔上。"还是以有声反衬无声，还是打一束光，照亮清幽世界。一个月光，一个夕照，一个竹林，一座空山，足以让我们领略《辋川集》的意境，也足以让我们理解诗佛王维的精神了。

常建《题破山寺后禅院》（人居）

大千世界，水有水美，山有山美，动有动美，静有静美。领略了王维笔下空明透彻的《竹里馆》，激荡人心的洞庭湖，再和大家分享常建幽微静谧的《题破山寺后禅院》。

题破山寺后禅院
常建

清晨入古寺，初日照高林。

竹径通幽处，禅房花木深。

山光悦鸟性，潭影空人心。

万籁此俱寂，但余钟磬音。

《题破山寺后禅院》：一作《破山寺后禅院》。

古寺：指破山寺。

初日：早上的太阳。

竹径：一作"曲径"，又作"一径"。

潭影：清澈潭水中的倒影。

籁：从孔穴里发出的声音，泛指声音。

但余：只留下，一作"惟余"，又作"唯闻"。

竹（曲）径通幽处，禅房花木深。

这首诗的题目是《题破山寺后禅院》。可以看出，这是一首题壁诗。所谓题壁诗，就是在墙上写的诗。这在古代也是一类诗。古人的书写、出版条件都比较简陋，而诗人的表达欲、传播欲又很强，所以一旦诗兴大发，常常是找到什么地方，就在什么地方写。比如"去年今日此门中，人面桃花相映红"，那就是崔护在人家田庄的大门上写的。还有，很多人都喜欢说"海阔凭鱼跃，天高任鸟飞"，这句话最早的写法其实是"大海从鱼跃，长空任鸟飞"，就是唐朝大历年间的一个和尚在竹叶上写的。诗人兴之所至，随处都可能题诗，但是题诗最多的地方还是旅馆和寺院。为什么？一方面是旅馆容易触发诗人的飘零之感，而寺院容易触发诗人的出世之情，这两个地方都自带诗意；另外一方面则是因为旅馆也罢，寺院也罢，都是人来人往的公共空间，在这个地方写诗，很快就会传播出去，有点儿类似于现在发朋友圈的效果。题诗的人太多了，很多旅馆和寺院都挂出诗板，专供诗人题诗。常建这首《题破山寺后禅院》就是这样一首题在寺院里的诗。诗题中的破山寺又叫兴福寺，始建于南朝的齐，位置就在今天江苏省常熟市西北虞山上，到常建生活的时代已经有两三百年的历史，是一座相当有名气的古寺。不过，常建这首诗虽然写的是破山寺，但是它和一般的题寺诗可不大一样。不一样在哪儿呢？他不是《题破山寺》，而是《题破山寺后禅院》，也就是破山寺的和尚们住宿修行的地方。什么意思呢？这就好比你去参观北京大学，你既不写图书馆、教学楼，也不写博雅塔、未名湖，偏偏去写学生宿舍。或者说，你到了北京饭店，不进大堂却直奔后厨一样。这样的关注点本来就不同寻常。如此不同寻常的关注点，怎么写呢？

先看首联："清晨入古寺，初日照高林。"这一联非常有趣。有趣在哪儿呢？它不仅是两句诗对仗，"清晨"对"初日"，"古寺"对"高林"，"入"对"照"，更重要的是，它的一句之内，两个名词之间也相互对应。第一句"清晨入古寺"。"清晨"和"古寺"是不是对应的？当然是。清晨是新鲜的，古寺是古老的，这是新和旧相对。第二句"初日照高林"，还是名词对应。初日是初升的太阳，它刚刚爬上山峰，看起来很低吧？而高林呢？那是高大的树木，看起来仿佛比太阳还高。这是高和低相对。问题是，清晨是一个时间概念，亘古以来，已经有多少个清晨反复出现了？因此清晨再新鲜，也比一个寺院更古老；同样，太阳再低，也比最高的树高。所以，这对比本身是不合理的，虽然不合理，但我们都能够理解，而且仿佛看到了当时的景象。一大早，诗人已经走进古老的破山寺，旭日初升，金红色的阳光洒向寺院，也洒向寺院周围高高的树林，整个山寺一片清新，一片光明。"清晨入古寺，初日照高林"，两句诗既体现出诗人愉快的心情，又含而不露地赞美了破山寺的庄严与辉煌。起得自自然然，相当漂亮。

已经进入古寺了，下面该写大殿如何宏伟，佛祖如何庄严了吧？那是一般的写法。我们说了，常建不是要写这座寺院，而是要写它的后禅院，所以，佛堂宝像一概略过，直接进入后禅院了。怎么进去的呢？"竹径通幽处，禅房花木深。"穿过大殿，只见一片竹林掩映，一条小路，向着竹林深处蜿蜒。沿着这条小路一直往前走吧，忽然一个转弯，一排禅房出现在诗人眼前。这禅房四周花木繁茂，一派生机盎然。这句诗，历来都讲写得好。好在哪里？竹径是纵向的，禅房是横向的，竹径通幽，何等神秘幽暗，到了禅房花木，却是豁然开朗，一片光明，一片芬芳。这是讲什么呀？这不仅是在讲小路、讲禅房，这也是在讲学佛道路的曲折，和学成之后的光明。两句诗看起来自然而然，甚至根本就不对仗，但是，仔细品味，却觉得美不胜收。北宋大文豪欧阳修最喜欢这两句话，每每想要仿写，但是怎么也写不出来。为什么呀？他自己说了："乃知造意者为难工也。"这样的诗句最妙的地方就在于浑然天成，不费力气，一旦刻意为之，非要仿造，反倒没法写好了。当然，这一联诗还有一个写法："曲径通幽处，禅房花木深。"这也好。只不过竹径通幽，重点写竹林掩映，更清幽，而曲径通幽，则重点写小路弯曲，更曲折。无论用哪一个字，其实都是婉转幽深，不让禅房一下子就暴露在游人面前。这个意象太好了，太符合中国人崇尚含蓄的理念了，所以后来干脆演化成一个成语——曲径通幽。

　　首联写古寺，颔联写禅房。那颈联呢？颈联其实是进一步往前走，往纵深看了："山光悦鸟性，潭影空人心。"历来都认为这一联是警句。好在哪儿呢？首先当然是对仗工整，意境清幽。所谓"山光悦鸟性，潭影空人心"，自然是"山光使鸟性悦，潭影使人心空"的意思了，但是，把动词放到两个名词中间，一下子，句子的节奏感就强了。青山焕彩，连小鸟都被打动，发出喜悦的啼声；潭影清澈，让人心杂念全消，心里为之一空。这意境美极了。问题是，为什么山光能使鸟性悦，潭影能使人心空呢？因为鸟也罢，人也罢，其实都是有感受力、有佛性的。鸟感受到山林之趣，自然会和山林呼应，婉转欢唱；同样，人看到澄澈见底、倒映着山光人影的潭水，也会觉得浮生如幻。既然浮生如幻，那还有什么消除不了的俗虑呢？自然会觉得心是空的了。注意，这个空可不是幻灭，而是通透，因此透着一种觉悟的喜悦感和自在感，这和小鸟对山光的喜悦不是一样的吗？这样一来，鸟性、人性和佛性就融为一体了。一旦体会到这一点，我们就会觉得，这一联诗，不仅仅是工整漂亮，而且还意味深长。

警句已出，接下来怎么结尾呢？"万籁此俱寂，但余钟磬音。"这是直接在承接上一句。既然人心已经进入空明的境界，自然觉得大自然和人世间的一切声音都寂灭下去，只剩下钟磬悠扬，仿佛要引人进入纯净愉悦的极乐世界。王维的"独坐幽篁里，弹琴复长啸"是以有声反衬无声，"空山不见人，但闻人语响"也是以有声反衬无声，这里的"万籁此俱寂，但余钟磬音"也是以有声反衬无声。钟磬悠扬，更显得寺院清幽，人心自在，这不正是佛教的感召力，也是破山寺的感染力吗？结到这里，其实是对破山寺的赞美，但是，赞得不露痕迹，缥缈空灵。而且，这句话一出来，又一个成语诞生了——万籁俱寂。一首诗创造出两个成语，可以想象，这首诗是多么简洁洗练，而又多么意味深长啊。读罢全诗，一派禅意飘然而至，让人心寂静，顿生出尘之想，这就是常建《题破山寺后禅院》的感染力。

常建在唐朝不算重要诗人，他生活在开元天宝盛世，却并不热衷功名利禄，一生大部分时间都在山水间漫游，写诗的风格接近王维、孟浩然，但是，同样的题材，王维更高妙，孟浩然更清淡，而常建却更闲雅清俊，这才见得大唐的天空，真是群星闪耀，各自生辉。

孟浩然《望洞庭湖赠张丞相》（山水）

近几年，一直有人在追踪唐代大诗人的足迹，帮他们画旅行地图。确实，读万卷书与行万里路本来就相辅相成，《红楼梦》里，写诗最好的林黛玉和薛宝钗都有从南到北的旅行经历，最讨人喜欢的薛宝琴更是"天下十停倒走了五六停"；相反，贾府三春一直闷在家里，才气自然单薄不少。唐朝诗人又何尝不是如此呢？再安静的诗人，眼睛看到云水，心中也会涌起波澜。

望洞庭湖赠张丞相

孟浩然

八月湖水平，涵虚混太清。

气蒸云梦泽，波撼岳阳城。

欲济无舟楫，端居耻圣明。

坐观垂钓者，徒有羡鱼情。

望：一作"临"。

涵虚：包含天空，指天倒映在水中。涵：包容。虚：虚空，空间。

清：指天空。

端居：安居。

耻圣明：有愧于圣明之世。圣明：指太平盛世，古时认为皇帝圣明社会就会安定。

徒：只能。

先说题目《望洞庭湖赠张丞相》。洞庭湖现在是中国第二大淡水湖，但在唐朝的时候，洞庭湖号称八百里洞庭，面积超过鄱阳湖，是第一大淡水湖。湖畔的岳阳楼也是江南三大名楼之一，自古有"洞庭天下水，岳阳天下楼"的说法。写洞庭湖的名篇很多。比如杜甫的《登岳阳楼》："昔闻洞庭水，今上岳阳楼。吴楚东南坼，乾坤日夜浮。"李白的《陪侍郎叔游洞庭醉后》其三："划却君山好，平铺湘水流。巴陵无限酒，醉杀洞庭秋。"当然，还有范仲淹的《岳阳楼记》："予观夫巴陵胜状，在洞庭一湖。衔远山，吞长江，浩浩汤汤，横无际涯，朝晖夕阴，气象万千。"孟浩然这首诗既然叫"望洞庭湖"，自然也是立足于洞庭湖的浩渺烟波。但这只是诗题的前半部分。诗题还有后半部分，叫"赠张丞相"。所谓张丞相，有说是张说，还有说是张九龄，都是辅佐唐玄宗建立开元盛世的名相，也都是一代文豪。孟浩然这首诗到底是写给哪一位张丞相，现在学术界还有争议，这里不做分辨。但既然是"赠张丞相"，就意味着这是一首投赠诗。既然是投赠诗，就不是泛泛地写景抒情，而是专门赋诗送给某个人。至于为什么投赠，原因就各不相同了。比如李白《赠汪伦》，是因为汪伦请他喝酒，还给他送行，他要表示感激；朱庆馀的《近试上张水部》，则是希望水部侍郎张籍能够在科举考试中替他美言几句。

但无论是哪种情况，投赠诗必须写出投赠的目的。那么，孟浩然投赠张丞相的目的到底是什么？与洞庭湖又有什么关系呢？

先看首联："八月湖水平，涵虚混太清。"这一联上来就不凡。什么叫"八月湖水平"？所谓"湖水平"，是指湖水与岸齐平。这当然是因为夏秋两季雨水丰沛，洞庭湖湖水暴涨。水与岸齐，本来就给人以开阔浩渺之感。那到底开阔浩渺到什么程度呢？看下一句："涵虚混太清"。虚和太清都是天的代称。涵虚，是指天倒映在水里，水包含了天空；而混太清，则是指天水相接，水天一色。起首一联，就是时间、地点和一个整体描写，并不算头角峥嵘，但水平岸，天接水，茫无涯际，把洞庭湖写得极其浑厚阔大。

首联这样阔大，颔联怎么接呢？"气蒸云梦泽，波撼岳阳城。"这一联，真是雄壮至极。所谓"气蒸云梦泽"，是指洞庭湖水汽蒸腾，弥漫在整个云梦泽上。那云梦泽又是什么呢？云梦泽，是先秦时期的江汉平原上一个非常大的湖泊群，洞庭湖只是它南部的一小部分。此刻，洞庭湖湖水浩渺，水雾仿佛已经笼罩了整个云梦大泽，这当然是极言其宽广。而下一句"波撼岳阳城"呢，则是说长风吹过，洞庭湖波涛汹涌，仿佛连它东北边的岳阳城也为之撼动，这又是极言其声势。这一联，不仅气魄雄伟，而且动感十足。"气蒸云梦泽"是水汽蒸腾，是垂直的动；而"波撼岳阳城"则是波翻浪涌，是水平的动。云梦泽何其广大，却被它笼罩；岳阳城何其坚固，却被它撼动，这是多么伟大的力量啊。一般人想到孟浩然，总认为他清淡飘逸，比如"荷风送香气，竹露滴清响"，真是清幽入骨；而"绿树村边合，青山郭外斜"，又是那么恬淡自然。可是，如果你以为那就是孟浩然的全部可就错了，这一句"气蒸云梦泽，波撼岳阳城"写得气势磅礴，自古至今，恐怕只有杜甫的"吴楚东南坼，乾坤日月浮"可以与之媲美，但是，若论音节响亮，恐怕还是孟浩然更胜一筹。

首联起，颔联承，已经把洞庭湖写得气象万千，诗题之中的前半部分"望洞庭湖"已经写足了。颈联该转了，转到哪里呢？转到诗题的后半部分"赠张丞相"了。怎么转呢？"欲济无舟楫，端居耻圣明。"这是从写景转到抒情了。抒什么情呢？先看前一句。"欲济无舟楫"，是说洞庭湖这么辽阔，我想要渡过去却没有船和桨。这真的是在说洞庭湖吗？当然不是，这只是在借题发挥罢了。表面看是说要渡过洞庭湖，去到对岸；其实是说，我想要摆脱在野之身，走向政治舞台。可是就像我渡水没有船和桨一样，我想做官也没有人接引，没有人帮忙。那如果我选择不渡过洞庭湖，就闲居此岸；或者按照它的引申意思，如果我就保持目前这种隐士身份，不出去

绿树村边合，青山郭外斜。

做官，那就会遇到另一个问题："端居耻圣明"。我又为自己辜负了这个圣明时代而感到羞耻。为什么圣明时代端居就是羞耻的呢？因为孔子说过："天下有道则见，无道则隐。邦有道，贫且贱焉，耻也。邦无道，富且贵焉，耻也。"按照儒家的观点，如果国家有道，君子就应该出来为国家服务。如果他没有履行好这个职责，那就应该为自己感到羞耻。想要出仕，没人援引；想维持现状，又自觉有愧，貌似进退两难，其实一片进取之心已经毫发毕现，"赠张丞相"的目的也呼之欲出了。什么目的呀？求援引，求推荐。所以这首诗既是投赠诗，又是干谒诗，是一首诗化的自荐信。这一联写得真聪明。聪明在哪里？第一，说出了自己不甘寂寞，出仕做官的愿望；第二，夸奖了天子圣明，国家有道；第三，又把张丞相比成了渡人过河的舟楫，夸他能量巨大。方方面面都照顾周全了，求仕之意非常清楚，却又能和前两联的洞庭湖衔接紧密，过渡自然，不露痕迹。

那怎么结尾呢？"坐观垂钓者，徒有羡鱼情。"我坐在洞庭湖岸看着钓鱼人，真是徒生羡慕之心呀。这一联很微妙。一方面，诗人是在借用《汉书》中的那句名言，"临渊羡鱼，不如退而结网"，说我也想要鱼，可是却没有钓竿，只能望湖兴叹。这是在进一步表明无人援手的遗憾。另一方面，又把张丞相比喻成了垂钓者，希望自己能够像鱼儿一样，被钓起来。或者说，希望自己能够借助张丞相的力量踏入仕途。这两种意思混合在一起，还是在进一步表达对张丞相的期望。但是，又时时不离湖水，写得含而不露，不失身份。

综合起来看，到底怎么评价孟浩然这首诗呢？毫无疑问，作为咏洞庭湖的名篇，这首诗的前两联气势磅礴，声调雄壮，堪称洞庭绝唱。作为投献诗或者干谒诗，这首诗的后两联也含蓄蕴藉，不露寒酸气。所以一写出来，就广为传颂，甚至连唐玄宗都知道了。据《唐诗纪事》记载，孟浩然在好朋友王维的办公室和唐玄宗不期而遇，唐玄宗对他也是久仰大名，就让他赋诗一首。孟浩然写的是什么呢？就是那首著名的《岁暮归南山》："北阙休上书，南山归敝庐。不才明主弃，多病故人疏。"这首诗好不好？不好，真的不好。一肚子牢骚，有点像怨妇。哪像这首《望洞庭湖赠张丞相》这么含蓄清高！唐玄宗听了很扫兴，对他说："卿自不求仕，朕未尝弃卿，奈何诬我？"同时，还告诉他，你若是给我吟诵一下"气蒸云梦泽，波撼岳阳城"，多好！可见这一首诗的影响力。

不过，这首诗并未真的影响到唐玄宗，也没有真的影响到张丞相，孟浩然还是以布衣终老，未能实现自己的政治理想。但是，作为一首伟大的诗，它深深地影响了另一位大诗人——杜甫。在孟浩然之后差不多二十年，杜甫写下了《登岳阳楼》："昔闻洞庭水，今上岳阳楼。吴楚东南坼，乾坤日夜浮。亲朋无一字，老病有孤舟。戎马关山北，凭轩涕泗流。"和孟浩然这首《望洞庭湖赠张丞相》一样，杜甫也是前两联写景，后两联抒情。很多诗评家都说，从整体看，孟浩然这首诗的前两联和后两联不完全相称。前面壮，后面弱，未能做到情景交融，一气贯通。而老杜呢？单看前两联，和孟浩然一样阔大雄壮，功力相当。后两联呢？颈联写身世之悲，尾联写家国之痛，写得深沉感慨，跟洞庭湖的波涛一样奔腾澎湃，浑然一体。两相对照，就把孟浩然比了下去。是不是这样呢？我想说两点：第一，孟诗在前，杜诗在后，前人之功不可没；第二，孟诗本来以韵见长，而这首《望洞庭湖赠张丞相》却能写出壮气，出人意料，因此也足够动人心魄。

张旭《桃花溪》（山水）

中国古代的文人往往是多面手。顾虎头是画绝，文绝，痴绝；王摩诘是诗、画双绝，兼善音律；苏轼则是诗、书、画三绝，这样的例子历代都有。但是，若说整个大唐时代的"三绝"，那就要算到"李白诗歌""裴旻剑舞"和"张旭草书"，这三门绝技，代表了大唐的精神高度。这三位高手，其实也是多面手，比如张旭，不仅擅长草书，写诗也颇具画意，清新脱俗。

桃花溪

张旭

隐隐飞桥隔野烟，石矶西畔问渔船。

桃花尽日随流水，洞在清溪何处边？

隐隐：隐约不分明。

石矶：水中积石或水边突出的岩石、石堆。

尽日：整天，整日。

洞：指《桃花源记》中武陵渔人找到的洞口。

晋·陶渊明　《桃花源记》

桃花最重要的象征意义是美人、青春、生命，所以才会有"人面桃花相映红"。但是，桃花不仅有这一个象征义，在古代，它还有另外一个重要象征义，就是隐逸，而这个象征义，是从陶渊明的《桃花源记》开始的："晋太元中，武陵人捕鱼为业。缘溪行，忘路之远近。忽逢桃花林，夹岸数百步，中无杂树，芳草鲜美，落英缤纷。"捕鱼人怀着好奇心去寻找桃林的尽头，结果发现了一个纯美的世界。在那里，土地平旷，屋舍俨然；在那里，黄发垂髫，怡然自乐；在那里，不知有汉，无论魏晋。这个世界，以后就被人叫作桃花源，大概相当于中国版的乌托邦。

陶渊明创造了这么一个令人神往的世外桃源，从那之后，桃花源就成为中国文学创作的一个母题，张旭的这首《桃花溪》其实是《桃花源记》的诗歌版。根据一个母题进行不同文体的再创作，这有点儿像现在的作文改写吧？把记叙文改成议论文，把说明文改成记叙文，等等。那我们就看看，张旭怎么把一篇几百字的散文改写成一首二十八字的七言绝句。

先看第一句"隐隐飞桥隔野烟"。这一看就是一个远景镜头。诗人此刻在哪儿？他应该就像当年的捕鱼人一样，走到了一个山谷。山峦雄伟，溪谷幽深。向里面远远望去，只见云雾缭绕，一座长桥若隐若现，好像在凌空飞腾，这是一个多么神秘的所在呀。而且，静止的长桥和流动的云烟相映成趣。本来，若以长桥做参照物，当然会看见云烟飞舞；但是，诗人眼前笼罩的是轻云薄雾，长桥还在远处，若是把云烟当作参照物，就好像看见长桥飞动。这真是亦真亦幻，恍若神仙世界。烟霞本来就是神仙世界的标配，头一句诗，就已经点染出了桃花溪的仙气。光有仙气还不够，这句诗还有画意。飞雾、长桥，还有背后的幽谷、高山，多像范宽的《溪山行旅图》！但是，中国的山水画很少有纯正的山水，山水之外，还必须得有人的活动。就像范宽的《溪山行旅图》一定要有一队商旅一样，诗人用文字勾勒的这幅山水画，也一定要有人，才能让这幅画活起来。人在哪里呢？

第二句"石矶西畔问渔船"。这是从远景拉回近景了。远处云霞缥缈，近处则是溪水潺潺。飞溅的溪水中露出了嶙峋的大石头，一艘小渔船就泊在石矶西畔。有小渔船，自然就有打鱼人。诗人沉浸在之前那种亦真亦幻的情境中，猛然看见打鱼人，一定会把他当成当年误入桃花源的渔夫吧。既然有了这种恍惚感，那"问"字也就脱口而出了。而这"问"字一出，实际上，画里除了渔夫，又多了一个人。谁呀？诗人自己。诗人本来是在看山水，看渔船。山水也罢，渔船也罢，对他而言都是客体。但他内心一动，开口一问，就把自己也放进画里来了，而且，还成了画的主体；这首诗，也就从纯粹风景的描述，进入诗人的心灵世界了，这就是所谓"情景交融"。那诗人到底要问什么呢？

　　看下两句："桃花尽日随流水，洞在清溪何处边？"从画面的角度来讲，这其实是从全景到了细节，到了眼前了。诗人眼前，就是清澈的溪水，溪水上桃花片片，随波逐流，流出山谷，流向人间。这很像刘慎虚写的"时有落花至，远随流水香"。但是，因为有了"石矶西畔问渔船"做铺垫，诗人的心情当然和刘慎虚不同，接下来的内容也就不同了。诗人还惦记着桃花源，他觉得，这水中的片片飞红，一定就是桃花源里的缤纷落英，沿着这溪水，一定能走进那个世外桃源。既然如此，问题也就出来了：这桃花整天随着流水漂向红尘，却不知那红尘之外的桃源洞口，究竟在这清清溪水的哪一边？这轻飘飘的一问，背后是诗人的几许神往啊。

　　诗人当然知道，此山非彼山，此水非彼水，此渔夫非彼渔夫，此桃花溪也非彼桃花源。这样想来，诗人应该不会真的问渔夫什么问题吧。所以，他这一问看似是实的，其实又是虚的。但是，通过他这一问我们也知道了，在内心深处，诗人多么希望，真的能有那样一个世外桃源啊。所以，问题虽然是虚的，但情感又是实的，整首诗就笼罩在虚虚实实之间，显得特别缥缈、空灵。好像一幅水墨山水画，让人见之忘俗，甚至生出悠然出尘之想。

回到我们开头说的文章改写这个主题。陶渊明的《桃花源记》是一篇散文，有将近四百字。而《桃花溪》是一首七言绝句，只有二十八字。蘅塘退士在《唐诗三百首》中说，这四句诗就相当于一篇《桃花源记》。到底相当不相当呢？这不好说。但是要知道，不同的文体有不同的妙处。散文的妙处是什么？叙事清楚，头尾连贯。我们写历史人物的传记，就必须用散文体。那绝句的好处是什么？凝练隽永，余韵悠长。有画意，甚至有禅意。比如这首《桃花溪》。

什么人能写出如此清淡出尘的诗呢？这就得说到它的作者——草圣张旭了。张旭是书法家，在唐朝，他的草书和李白的诗歌、裴旻的剑舞合称三绝，都是洒落飘逸，有龙凤之姿。草书一绝还不够，张旭喝酒也是一绝，和李白有得一拼。杜甫有一组《饮中八仙歌》，所谓"饮中八仙"，不仅有李白，还有张旭。杜甫说："张旭三杯草圣传，脱帽露顶王公前，挥毫落纸如云烟。"李白要喝一斗酒才会"天子呼来不上船，自称臣是酒中仙"。而张旭呢？三杯之后，就要脱帽露顶了。这在当时可不得了。要知道，唐朝成年人束发戴冠，那是基本的礼貌，就相当于现代人必须得穿上衣服，不能打赤膊。

但是，张旭只要一喝醉，就要把冠摘下来，露出头发，哪怕在正式场合，在王公面前，也不以为意。他为什么要这样做呢？写字。据说，张旭一旦兴致来了，痛饮三杯之后，就会手舞足蹈，狂呼乱叫，甚至拿头发当毛笔，蘸了墨汁，尽情挥洒。大概只有这样，才能摆脱所有束缚，得到艺术上的自由吧。所以杜甫才说他"脱帽露顶王公前，挥毫落纸如云烟"。这种狂放，不亚于李白的"天子呼来不上船，自称臣是酒中仙"。张旭酒喝得豪迈，字也写得潇洒磊落，代表了狂草发展的极致。草书没到这个地步，还不叫狂草，一旦过了这个界限，那文字也就不能辨认，成了抽象的点泼绘画了。

那有没有人会觉得张旭的人、张旭的字和张旭的诗不符啊？李白行为潇洒，所以作诗也豪放，这是相辅相成。而张旭呢？行为如此潇洒，写字如此狂放，为什么写诗却如此清淡空灵？其实，张旭的字和张旭的诗，有一个内在统一，那就是逸，飘逸的逸。他的心飘在天上，表现为诗，是烟霞气象，飘然出尘；表现为字，则是俊逸流畅，从天而降；如果表现为画呢？那一定是淡墨山水，满纸云烟吧。换句话说，李白狂的背后，是内心的雄，是牛到天上去，而张旭狂的背后，恰恰是内心的淡，是飘到天上去。所以这样的两个人，才能殊途同归，都自由自在，傲视王侯。

柳宗元《渔翁》（山水）

　　人这一生，并非总能风轻云淡，而是充满波折。情感的起落，仕途的坎坷，命运的无常，常常让人烦恼，乃至迷失。很多人会感慨"人在江湖，身不由己"，但那是社会的江湖，人心的战场。真正的江湖其实最具治愈的力量，它恬静而包容，让人乐以忘忧。

渔 翁

柳宗元

渔翁夜傍西岩宿，晓汲清湘燃楚竹。

烟销日出不见人，欸乃一声山水绿。

回看天际下中流，岩上无心云相逐。

傍：靠近。

汲：取水。

销：消散。

欸（ǎi）乃：象声词，船桨划水的声音。

下中流：由中流而下。

先看题目。渔翁当然就是打鱼人。但是，在中国传统诗文中，渔翁可不仅仅是一个打鱼人，而是一个非常独特的文学意象。什么意象呢？冷眼旁观，同时也是自由自在的隐士。这个意象最早出现在战国时期。当时，庄子和屈原各写了一篇《渔父》。在庄子的《渔父》篇中，渔父是一个须发皆白的老人家，看见孔子为传道授业四处奔波，就忍不住开导他不要这么苦心劳形，非要去干那些不属于自己本分的事情；屈原的《渔父》呢？也是不忍心看三闾大夫容颜憔悴，江畔徘徊。屈原不是感慨"举世皆浊我独清，众人皆醉我独醒"吗？渔父就给他唱了一首歌："沧浪之水清兮，可以濯吾缨，沧浪之水浊兮，可以濯吾足。"水清水浊各有处理方式，何必非要追求清澈见底呢？这是劝屈原和光同尘，别较真。那么，孔子也罢，屈原也罢，有没有听渔父的劝导？当然没有。因为他们的本质是儒家，生就一副热心肠，追求真理，九死不悔。而渔父的本质则是道家，把世界看淡了，主张顺势无为，保天真，任自然。儒家和道家，一个显，一个隐；一个有为，一个无为；一个入世，一个出世，真是道不同不相为谋。那么二者是不是就水火不容了呢？当然不是。孔子虽然还会继续传道授业，但也会跟他的弟子说，这个渔父是个圣人；而屈原呢？虽然最终选择了洁身自好，自沉汨罗，但也领受了渔父的一番好意。为什么呀？因为道家给了传统中国人另一种人生选择，君子"有道则现，无道则隐"，能干一番事业的时候，自然追求"致君尧舜上，再使风俗淳"，条件不允许的时候，也能"采菊东篱下，悠然见南山"，不至于不知所措。所谓"达则兼济天下，穷则独善其身"，儒家给人进取的动力，道家则给人精神的退路，儒道互补，这也是中国文化的基本精神之一。

　　我为什么要说这些呢？是因为柳宗元这首《渔翁》，本身就是仕途坎坷，进取碰壁之后的作品。柳宗元出身河东柳氏高门，本身又是大才子，在唐朝这样一个既看重门第又看重才华的时代，当然一路畅通。他二十一岁中进士，二十六岁又登博学宏词科，唐顺宗即位后，三十二岁的柳宗元官拜礼部员外郎，成为当时政治改革的核心人物，与诗豪刘禹锡属于同一阵营，也算是"指点江山，激扬文字，粪土当年万户侯"的同学少年。问题是，改革会触动很多人的利益，唐顺宗又是一个病弱的皇帝，即位不到一年，就被宦官推翻。所谓"覆巢之下无完卵"，柳宗元、刘禹锡这些改革派纷纷被贬官，当了边州司马。其中，柳宗元被贬为永州司马。永州在今天的湖南南部，当时是人烟稀少的蛮荒之地。而且，州司马又是一个闲职，不仅没有衙门，甚至连住的地方都没有。柳宗元一家只好寄居在一座破庙之中，不到半年，他的老母亲就贫病而死。这样的打击对于少年得志的柳宗元来说真是兜头一盆冷水，冷到了骨头里。儒家前进的路堵死了，怎么办呢？道家后退的路还在呀。在永州的十年，柳宗元寄情山水，写下了大量的诗文。比如中学课本选过的《捕蛇者说》，还有中国古代最著名的山水小品《永州八记》，都是柳宗元在永州这十年写成的。柳宗元存诗一百六十五首，其中一百首写于永州。在这些诗中，个人觉得最美的一首就是《渔翁》。

美在哪里呢？看前两句："渔翁夜傍西岩宿，晓汲清湘燃楚竹。"西岩，就是永州的西山，柳宗元的《永州八记》第一篇就是《始得西山宴游记》。西山俯瞰湘江，对于渔翁来说当然是一个天然的港湾，所以才有"渔翁夜傍西岩宿"。这一句看起来并不出奇，但第二句就不一样了。"晓汲清湘燃楚竹"，一下子从夜晚写到破晓了。渔翁晚上住在西岩之下，清晨醒来，要点火做饭了，怎么做呢？"晓汲清湘燃楚竹"，他用竹筒汲来清清的湘水，又收拾起一堆竹叶竹茎，点燃熊熊火苗。这都是就地取材呀。江水是脚下日夜流淌的，竹子是身边触手可及的，渔翁晚上靠着岩石睡觉，早晨呢？一伸手，一弯腰，就过起了生活，这是多么自然，多么和谐呀，这不就是天人合一的境界吗？还有，清湘和楚竹这两个词多美呀，我们仿佛就看到了那清澈见底、游鱼历历的湘江水，也看到了漫山遍野、郁郁葱葱的楚山竹，这是多清新、多生机勃勃的画卷啊，真像把人的眼睛都洗过一遍一样。柳宗元是河东人，也就是现在的山西运城人，那已经是黄土高原了，成年之后，在长安看到的，更是车马簇簇、红尘滚滚，这红尘黄土曾经是他生活的全部。可是到了永州，他才发现，水可以那样清，竹可以那样翠，不仅是中年人蒙尘的眼睛被洗了一遍，失意人蒙尘的心灵也被洗了一遍吧。

天黑了渔翁就睡，天亮了渔翁就起，一切顺时而动，然后呢？"烟销日出不见人，欸乃一声山水绿"。如果说前面那两句"渔翁夜傍西岩宿，晓汲清湘燃楚竹"是妙，那这句"烟销日出不见人，欸乃一声山水绿"就是神了。破晓的时候，渔翁不是还在生火做饭吗？可是没过一会儿，一轮红日喷薄，渔翁生火的炊烟散去了，湘江上的雾气也散去了，渔翁呢？渔翁的形象应该看得更清楚了吧？才没有。好像随着轻烟飘走一样，渔翁不见了，像神仙一样隐遁了。他到哪里去了？下一句："欸乃一声山水绿"。就在这让人迷惑的一瞬间，忽然传来"欸乃"一声，这是渔翁用船桨划水的声音啊。原来，渔翁已经驶入大江，融入了青山绿水之中。这多妙啊。只是这点妙处吗？不是啊！这"欸乃"一声，绝不仅仅是交代了渔翁的下落，更重要的是，它好像一下子划开了清明的白天与朦胧的拂晓之间的界限，一切朦胧都变成鲜明，眼前霎时透亮起来，青山绿水扑面而来，这就是"欸乃一声山水绿"。这"欸乃"两字多神奇呀。只是"欸乃"神奇吗？还不是，这个"绿"字也神奇呀，有没有想到"春风又绿江南岸"？那已经是炼字的经典了，可是，那个"绿"还是渐变，是柔柔的春风把江南一点点地吹绿了，而"欸乃一声山水绿"呢？是突如其来的一个声音划破寂静，也是突如其来的一种视觉效果跃入眼帘，就像人眨了一下眼，随着"欸乃"一声，山水一下子都绿了。这是一种多么空灵飘逸，又多么神采飞扬的境界呀！这声音的冲撞，色彩的冲撞，是不是比"春风又绿江南岸"还要神奇？所以苏东坡说，这两句诗有奇趣，写到这里，这首诗神采已足，不用再往下写了。严羽《沧浪诗话》也同意苏东坡的观点，而且还说，即便柳宗元复生，也应该同意。

问题是，原诗到这里并没有结束。他还加了两句："回看天际下中流，岩上无心云相逐。"谁在回看？渔翁啊。他的小船已经驶入江心，他回看天边，江流滚滚，昨晚露宿的西岩上，只有几朵白云，在无忧无虑，自在追逐。这其实是借用了陶渊明"云无心而出岫"的意境，表达一种自在闲适之情。这两句话到底有没有必要呢？如果论精彩程度，当然不及前面四句。但是，如果只有"渔翁夜傍西岩宿，晓汲清湘燃楚竹。烟销日出不见人，欸乃一声山水绿"四句，这渔翁还是外在的，是一个被诗人欣赏的对象，是诗人在看着他露宿，看着他点火，看着他划船。是诗人在欣赏着他的生活。可是，一旦加上"回看天际下中流，岩上无心云相逐"，这渔翁和诗人就统一了。渔翁在回头看，诗人也在回头看，看什么？看滚滚湘江，看半生坎坷，看世间的白云苍狗。看了之后呢？又放下了。这就是"宠辱不惊，看庭前花开花落；去留无意，望天上云卷云舒"。永州的青山绿水，抚慰了诗人，让他得到内心的宁静。从这个角度看，这两句诗就有了它特别的意义，是诗人的自我反省，也是诗人的心灵独白。在近十年的贬逐之后，诗人终于不再昼夜惶惶，悲愤交加，而是"回看天际下中流，岩上无心云相逐"。

其实，写渔翁，柳宗元还有另一首非常著名的诗歌《江雪》："千山鸟飞绝，万径人踪灭。孤舟蓑笠翁，独钓寒江雪。"那是他贬官永州之后不久写成的。那个时候，他还感到透骨的寒冷，透骨的孤独，可是，经过十年的磨砺，山水由黑白变成了青绿，柳宗元也由孤愤转为恬淡，这两首诗对比，不正映照出柳宗元十年的心路历程吗？

千山鸟飞绝，山径无踪灭。孤舟蓑笠翁，独钓寒江雪。柳宗元 江雪诗意 常流

千山鸟飞绝，万径人踪灭。孤舟蓑笠翁，独钓寒江雪。

刘禹锡《乌衣巷》（怀古）

中国人好古。旅行的目的地从来不止有自然山河，更有人文古迹。"眼看他起高楼，眼看他宴宾客，眼看它楼塌了"，金陵玉树，秦淮水榭，这青苔碧瓦，断壁颓垣，勾起诗人多少兴亡之叹！

乌衣巷

刘禹锡

朱雀桥边野草花，乌衣巷口夕阳斜。

旧时王谢堂前燕，飞入寻常百姓家。

旧时：晋朝。
王谢：王导、谢安，皆东晋大族，世居乌衣巷。
寻常：平常。

　　这首《乌衣巷》，其实是刘禹锡《金陵五题》中的一首。所谓金陵，就是今天的江苏南京，古代还叫建业、建康，也叫过秣（mò）陵，是大名鼎鼎的古都。《金陵五题》自然是有关金陵的五首诗。第一首《石头城》，第二首《乌衣巷》，第三首《台城》，第四首《生公讲堂》，第五首《江令宅》。关于这五首诗，刘禹锡自己有一个序："余少为江南客，而未游秣陵，尝有遗恨。后为历阳守，跂（qí）而望之。适有客以《金陵五题》相示，逌（yōu）尔生思，欻（xū）然有得。他日友人白乐天掉头苦吟，叹赏良久，且曰《石头》诗云'潮打空城寂寞回'……"意思是说，我从小就浪迹江南，却一直没有游览过金陵，总觉得很遗憾。后来当和州刺史，离金陵那么近，更是翘首眺望。正好有人给我看他写的《金陵五题》，我看了之后感慨万千，忽然有了灵感，就也写了这《金陵五题》。我的好朋友白居易看到了，赞叹了很久，还说《石头城》那一首里"潮打空城寂寞回"一句最好，以后的诗人都没法再写了。我觉得其余四首虽然不及《石头城》，但也相当不错，当得起白居易的夸奖。

　　这篇序言写得真好，把诗的来龙去脉交代得清清楚楚，其中两个信息特别重要：第一，刘禹锡本人根本没去过金陵，因此这首《乌衣巷》也罢，这组《金陵五题》也罢，都是凭空之作，是想象中的金陵。第二，这组诗一出来就大受追捧，白居易最推崇第一首的"潮打空城寂寞回"，刘禹锡原则上同意，但认为其他也不差。我为什么要讲这个序，讲这两个信息呢？因为这两个信息都直接关系到对这首《乌衣巷》的理解。

先说第一个信息，刘禹锡没有去过金陵，为什么能写《金陵五首》呢？因为金陵在中国古代的诗文里，早已经成了一个固定的意象——六朝如梦，金粉成灰。什么叫六朝如梦？我说过，金陵是个古都。唐朝以前，有六个王朝定都金陵——三国的吴国，南迁后的东晋，还有紧接着东晋的宋、齐、梁、陈四朝。这六个王朝最长的刚过百年，最短的不过二十多年，都是短命王朝，如走马灯一般，城头变幻大王旗，真像《金刚经》里所说的"如梦幻泡影，如露亦如电"。这就是六朝如梦。那什么又叫金粉成灰呢？六朝时期，正是中国北方大动荡、南方大发展的时期，烟水明媚的秦淮河，孕育出数不清的佳人才子。书法、绘画、诗文、清谈，无一不精致绝伦。再加上经济繁荣，社会安定，让金陵有一种特别的、属于文人的、带点女性气质的风流富贵气象，这就是所谓"六朝金粉"。可惜，金陵的繁华是属于江南小朝廷的。到隋文帝平江南，因为金陵是六朝古都，又是形胜之地，号称有王者之气，所以下决心把金陵夷为平地，种上庄稼。金粉楼台一下子变成竹篱茅舍，这是怎样的沧桑巨变！所谓"霸气尽而江山空，皇风清而市朝改"，到了大唐盛世，原本富贵的金陵反倒繁华落尽，金粉成灰。所以，唐朝诗人写金陵，就不再是意气风发的"江南佳丽地，金陵帝王州"，而成了"吴宫花草埋幽径，晋代衣冠成古丘"。这样的意象一旦形成，就成了固定的思维想象，所以，刘禹锡根本不用到金陵，也可以写金陵的陵谷沧桑，这是第一个信息。

再看第二个信息。白居易认为第一首《石头城》最好。《石头城》怎么写的？"山围故国周遭在，潮打空城寂寞回。淮水东边旧时月，夜深还过女墙来。"这首诗确实非常好。一种冷寂荒凉的废墟之美扑面而来。但是，我个人更喜欢第二首《乌衣巷》。为什么呢？一起来看看这首诗吧。

先看题目。乌衣巷是中国名气最大的巷子。它在南京秦淮河的南岸，最早是一个兵营。三国时期，孙吴在这里修建营房，驻扎水军。因为中国古代军人穿黑衣，所以这条巷子也就被叫成了乌衣巷。后来少数民族南下，西晋渡江变成东晋，这里又成了王谢两大家族的聚居地。王家的领头人是王导，他也是东晋政权得以维持的擎天大柱，当年号称"王与马，共天下"。谢家的代表人物是谢安，当年淝水之战，若不是谢安指挥若定，以少胜多，东晋的半壁江山也保不住，中国整个就成了北方少数民族的天下。可以说，没有王导、谢安，就没有东晋南朝。王谢两家不是只有这两个人厉害，而是代有才人，英贤辈出。王家有王羲之、王献之；谢家有谢灵运、谢朓，号称"王家书法谢家诗"。这样的英雄，这样的才子，都是从乌衣巷里走出，真是一条乌衣巷，半部六朝史。但是风水轮流转，到了隋唐时代，随着金陵的没落，贵族时代的结束，王谢两族气数都尽，再也没有出现重量级的人物，乌衣巷也早就换了主人。盛衰无常，这样的题目怎么写呢？

看前两句："朱雀桥边野草花，乌衣巷口夕阳斜。"这两句诗真好。对仗浑然天成。"朱雀桥"对"乌衣巷"，本来全是地名，拿地名对地名，已经没有问题了，更妙的是，这两个地名天生一个红，一个黑，颜色还能对上，这就叫偶对天成，一点不费力气。其实，不光"朱雀桥边"和"乌衣巷口"两两相对，"野草花"和"夕阳斜"也对得上。可能有人说，"野草"对"夕阳"都是偏正结构，还可以对，"花"和"斜"怎么对呢？要知道，这里的"花"不是名词花朵，而是动词开花。草花开，夕阳斜，这不就对上了吗？美而不俗，浑然天成，这是文字好。仅仅文字好还不够，这两句意境也好。朱雀桥横跨秦淮河，是秦淮河二十四座浮桥之中最大的一座。它是金陵城的交通枢纽，也是金陵城中心通往乌衣巷的必经之路。当年王谢两大家族都在的时候，桥上自然是车如流水马如龙。当时的朱雀桥是什么样的呀？要么被踩得寸草不生，那意味着人多；要么就装饰得花团锦簇，那意味着受重视。可是到了唐朝，刘禹锡怎么写朱雀桥呢？他说"朱雀桥边野草花"，既不是寸草不生，也不是花团锦簇，而是长着野草，开着野花，这明显是长久无人走动，已经荒废了！这还不够，草长花开，本来是春天的象征，应该让人觉得欣欣向荣才是吧？但是，这不是瑶草琪花，也不是芳草碧桃，而是野草野花，一个"野"字，一下子，春天黯然失色，朱雀桥冷落荒凉的样子就跃然纸上了。那"乌衣巷口夕阳斜"呢？所谓"夕阳"，已经是日落西山，还要再加上一个"斜"字，更显得光景惨淡。当年衣冠簇簇，车马喧喧的乌衣巷，早已不见了行人，只有荒凉冷落的古桥还在，静静矗立在惨淡寂寥的斜阳下。这是何等惊人的对照，何等巨大的落差呀。

　　有了这两句气氛的渲染，接下来该怎么写呢？一般说来，应该由景物写到人了吧？如果那样写，就不是刘禹锡了。刘禹锡怎么写呢？他根本没写王，没写谢，没写兴衰，没写感慨，而是出人意料地把笔触转向了乌衣巷上空归巢的燕子："旧时王谢堂前燕，飞入寻常百姓家。"这些燕子，就是当年在王谢豪门的堂前筑巢的燕子呀，如今它们又回来了，它们飞进的仍然是当年的宅院，但是，宅院的主人，却早已换成平头百姓了！这一笔真是漂亮。燕子本来是无知的候鸟，它们回到旧宅，只是出于天性。但是，在这里，诗人却赋予它们历史见证人的角色，它们眼见这宅院的主人，由峨冠博带的公卿变成了布衣短褐的小民。几百年风云际会，几百年沧海桑田，就在这燕子的一来一回之间，翻转变换，这是何等举重若轻呀！其实，谁都知道，从王谢称雄的东晋到刘禹锡生活的中唐，时间已经过去了四百年，就算再老的燕子，也不可能直接从王谢堂前穿越到寻常百姓家吧？但是，我们谁也不会这样较劲，谁都能读懂那一份今昔对比的感慨悲凉。而且，都会思考，如果说王谢这样的巨室豪门都难免败落，那繁华的唐朝又如何？或者说，世上的一切又如何呢？

可是，无论怎样感慨，诗人却什么都没说，他只写了几株野草，一抹斜阳，还有几只来来回回的燕子，就让一切尽在不言中了，这是何等的含蓄蕴藉呀！所谓"于细微处见精神"，这首诗就是代表。

朱雀橋邊野草花鳥
衣巷口夕陽斜雲
旧王謝堂前燕飞入寻
岑百姓家

己亥秋月
帝洗

旧时王谢堂前燕，飞入寻常百姓家。

杜牧《赤壁》（怀古）

适合怀古的地方，或者是古都，或0者是古战场。古都自带兴亡感，而古战场，则天然地会把人引向英雄主题，比如杜牧的这首七言绝句《赤壁》。

赤　壁

杜牧

折戟沉沙铁未销，自将磨洗认前朝。

东风不与周郎便，铜雀春深锁二乔。

折戟：折断的戟。戟，古代兵器。

销：销蚀。

将：拿起。

　　先说题目。赤壁，当然就是赤壁之战的发生地，也是中国最有名的古战场之一。可是，这个地方究竟在哪里，历史上却至少有六种说法。比如苏东坡那首著名的《念奴娇·赤壁怀古》，写的是湖北黄冈的赤壁；杜牧这首《赤壁》，一般认为写的是湖北武昌西南的赤壁；而在湖北还有一个蒲圻市，现在已经改称赤壁市，也认为自己才是真正的赤壁。这当然是出自中国人爱重历史、爱慕英雄的民族心理，本来也无可厚非。何况，无论诗人写的是哪个赤壁，立足点都是赤壁之战，而不是赤壁具体的地理位置。

　　那赤壁之战又是怎么回事呢？赤壁之战，可是改变中国历史命运的一件大事。建安十三年（208），孙刘联军在这里大破曹兵，奠定了三国鼎立的基础。可以说，没有赤壁之战，就没有三国的历史。而且，赤壁之战还是中国历史上第一次在长江流域进行的大规模江河作战，这意味着整个长江流域军事、政治力量的崛起。这还不够，赤壁之战还是中国历史上著名的以少胜多的战役，战役开始之前，曹操下了一封霸气的战书，上面赫然写着"今治水军八十万众，方与将军会猎于吴"。虽然事实上曹操的水军只有二十多万，但是，跟孙刘联军的五万人相比，还是非常吓人的一个数字。可是战争的结果却是孙刘大胜，曹操大败，以少胜多，以弱胜强，仅凭这一点，就能拨动好多人的心弦。所以，赤壁怀古，一直是怀古诗的重要话题。做这个题目的人很多，最成功的不过两首，一首是杜牧的《赤壁》，另外一首，则是苏东坡的《念奴娇·赤壁怀古》。但是，从时间上来讲，杜牧是唐朝人，苏轼是宋朝人，所以要说赤壁怀古诗的第一篇成功之作，就应该算是杜牧的《赤壁》。这首诗好在哪儿呢？

先看前两句："折戟沉沙铁未销，自将磨洗认前朝。"我们讲古代兵器，都喜欢说刀枪剑戟，斧钺钩叉。戟是中国特有的兵器，是戈和矛的合体，能刺能钩，从周朝一直到魏晋时期都很流行，到隋唐以后才慢慢退出战争舞台。杜牧是一个兵家，他好古，更喜欢军事遗迹。所以，当他在长江的沙洲上看到一截还没有完全腐蚀的断戟时，立马捡起来仔细把玩。这支断戟是什么时候的呢？他又磨又洗，把铁锈磨掉，终于认出来了，这不是一般的断戟，这是当年赤壁之战的遗物啊。这两句诗看着简单，但是背后的感情可不简单。首先，诗人到了江边，不捡贝壳，而是捡起断戟，这就已经有一股英雄气扑面而来。其次，断戟从汉末三国穿越到晚唐，时间已经过去了六百多年，而戟的主人呢？或者说，当年在赤壁鏖战的那些英雄呢？他们曾叱咤风云，如今却不如一截断戟，断戟还能存留在沙土之中，而英雄却早已渺无痕迹。这就是明朝杨慎所说的"滚滚长江东逝水，浪花淘尽英雄"，物是人非，诗人怎么可能不感慨万千呢！那诗人感慨的到底是什么？

看下两句："东风不与周郎便，铜雀春深锁二乔。"当年赤壁之战，孙刘联军之所以能够取胜，完全是靠火攻，而火攻能够成功，又恰恰是因为决战时刻，忽然有东风刮起。这东风是哪里来的？我们受《三国演义》的影响，往往会以为是诸葛亮"借"来的。但事实上，赤壁之战的总指挥是周瑜，提出火攻计策的是黄盖，本来没有诸葛亮什么事。那东风呢？东风更是一场自然之风，是老天爷的安排。既然是老天的安排，就意味着有很大的偶然性，而这偶然性，就是我们通常所说的运气。可是，如果当时老天爷没有眷顾周瑜，"东风不与周郎便"，那孙刘联军就会失败，曹操就会一统天下，那又意味着什么呢？意味着最后一句："铜雀春深锁二乔。"所谓"二乔"，就是大乔和小乔，是皖城乔公的两个女儿。孙策当年在同窗好友周瑜的辅佐下重振祖业，攻破皖城，听说这两个姑娘国色天香，就和周瑜一起，上门求婚。结果，大乔嫁了孙策，小乔嫁了周瑜。一对如花似玉的姐妹嫁给一对亲如兄弟的英雄，在历史上也是大大的美谈。那铜雀台又是怎么回事呢？铜雀台是曹操在邺都，也就是河北临漳修筑的三座高台之一，高达十丈，相当于今天的二十三米，上面还立起一尊一丈五的铜雀，所以号称铜雀台。台上广置歌姬舞女，是曹操晚年的行乐之所。诗人为什么要用"铜雀春深锁二乔"来代表曹操胜利、孙吴失败的后果呢？因为二乔的身份太特殊了，大乔是孙策的妻子，也是当时江东之主孙权的嫂子，算是国母级别；而小乔是周瑜的妻子，周瑜又是孙吴的统帅，军事支柱。所以，这一对姐妹，不仅是一代倾城美女，更代表着孙吴的尊严。但是，如果赤壁之战孙吴失败了，按照当时的通行法则，二乔就会被当作战利品俘虏，所谓"铜雀春深"，不仅仅是一个时间概念，更是曹操风流的委婉说法，再加一个"锁"字，金屋藏娇的意思就更明显，东吴的国母居然成为曹操铜雀台上的玩偶，这是多么屈辱的事情啊！那如果二乔都不免如此屈辱，整个东吴的社稷成灰、生灵涂炭也就更不用说了！这就是"东风不与周郎便，铜雀春深锁二乔"。

意思说完了，再说好处。这两句诗，真是神来之笔。神在哪里呢？神在拿周郎对二乔。这就是拿英雄对美人呀。而且，周瑜这个英雄，和美人最搭。因为在历史上，周郎不仅美姿容，而且善音律。有个说法叫作"曲有误，周郎顾"，就讲他的音乐天分。他不是一介武夫，而是英俊潇洒的儒雅统帅，这样的英雄，才能和美人交相辉映。有了这样一个辉映，马上，前面"折戟沉沙"的苍凉感被柔化了，整首诗都变得旖旎起来，显得那么摇曳多姿。

这样写真有那么好吗？俗话说"不比不知道，一比吓一跳"。前面说过，赤壁怀古这个主题，好多人写过，其中就包含诗仙李白。李白怎么写的呢？"二龙争战决雌雄，赤壁楼船扫地空。烈火张天照云海，周瑜于此破曹公。"写得多有气势啊，特别是"烈火张天照云海，周瑜于此破曹公"，像极了电影里的大场面制作。但是，这首诗的流传度比杜牧的《赤壁》差远了，很重要的一个原因，就是他用硬汉对硬汉，用周瑜对曹公，只有张，没有弛，只有风骨，没有风流。李白和杜甫号称李杜，李商隐和杜牧号称小李杜。其实，论写诗的风范，倒是小李学杜甫，小杜学李白。单讲赤壁这个主题，小杜这个学生完败李白这个老师。

可能有人会说，苏轼的《念奴娇·赤壁怀古》也是这样写的呀，"遥想公瑾当年，小乔初嫁了，雄姿英发，羽扇纶巾"。没错，苏轼这一句"小乔初嫁了"一直被当作典范，但是，我们一开始就讲，苏轼是宋朝人，而杜牧是唐朝人，苏轼其实恰恰是借鉴了杜牧的笔法，才写出"遥想公瑾当年，小乔初嫁了"这样的名句，要推首创之功，还得算在杜牧的头上。

最后，再说说这首诗的基调吧。杜牧对周瑜服气不服气呢？显然不像苏轼对周瑜那么服气。苏轼一句"人道是，三国周郎赤壁"已经写尽了周郎在这场战争中的决定性作用，但是杜牧不一样。他说"东风不与周郎便，铜雀春深锁二乔"，俨然把战争的决定性因素算给了东风，算给了老天。因为偶然因素取胜，还因此浪得虚名，在杜牧看来，颇有一点儿"时无英雄，遂使竖子成名"的感觉。杜牧本来精于兵法，性格又放纵，所以不免有说大话的嫌疑。但是，今天虽然很少有人觉得杜牧是军事家，也基本不能同意他对周瑜的说法，但我们还是得承认，《赤壁》这首诗写得真好，既深沉又风流，恰似英雄和美人并肩而立，凝眸远方。

图书在版编目（CIP）数据

蒙曼：唐诗之美 / 蒙曼著 . — 杭州：浙江人民出
版社，2019.12
　　ISBN 978-7-213-09528-3

　　Ⅰ. ①蒙… Ⅱ. ①蒙… Ⅲ. ①唐诗—诗歌研究 Ⅳ.
① I207.227.42

中国版本图书馆 CIP 数据核字（2019）第 247503 号

蒙曼：唐诗之美

MENGMAN：TANGSHI ZHI MEI

蒙　曼　著

出版发行　浙江人民出版社（杭州市体育场路 347 号 邮编 310006）
责任编辑　钱　　丛
责任校对　杨　　帆
封面设计　刘　　哲
电脑制版　顾小固
印　　刷　雅迪云印（天津）科技有限公司
开　　本　880 毫米 × 1230 毫米　1/32
印　　张　9.5
字　　数　169 千字
版　　次　2019 年 12 月第 1 版
印　　次　2019 年 12 月第 1 次印刷
书　　号　ISBN 978-7-213-09528-3
定　　价　48.00 元

如发现印装质量问题，影响阅读，请与市场部联系调换。

质量投诉电话：010-82069336